LES AGIOTEURS,

COMEDIE.

ACTE I.

SCENE PREMIERE.

LUCAS, CLAUDINE.

LUCAS.

PALSANGU s' couſeine, c'eſt une tarrible ville que ce Paris, queu peine on a d'y trouver une fille. On ne t'y connoît non plus que s'il n'y avoit pas ſix mois que tu y demeuriſſes. Je te charche morguoy tout depuis hier que je ſis arrivé ; & ſi par cas fortuit je ne t'avois pas rencontrée, je crois Dieu me pardonne, que je te chercherois encore, & je me charcherois peut-être itou n.oy-même, car j'ai penſé me pardre.

CLAUDINE.

C'eſt donc la premiere fois que tu es venu à Paris, couſin

F

LUCAS.

Oui , toute la premiere , & c'eſt tout exprés
pour toy que j'y viens, afin que tu le ſçaches.

CLAUDINE.

Tout exprés pour moy?

LUCAS.

Oui voirement. Je ſommes tout deux orphe-
lins, je n'avions plus qu'une tante , comme tu
ſçais , alle vient de mourir.

CLAUDINE.

Nôtre tante Simonne?

LUCAS.

Juſtement , la pauvre femme eſt trepaſſée.

CLAUDINE.

J'en ſis bian fâchée , Lucas.

LUCAS.

Et moy itou , Claudeine : mais il faut que
tout finiſſe , je ſommes ſes héritiers , ſi tu veux
je partagerons , ou ſi tu veux je ne partagerons pas.

CLAUDINE.

Qu'eſt-ce à dire , je ne partagerons pas ?

LUCAS.

Oui , je ne dépendons que de nous , je n'avons
qu'à nous marier , ça évitera le partage , &
j'aurons lignée à qui tout revanra , tu n'as
qu'à voir.

CLAUDINE.

Je n'ai qu'à voir ? ça ne ſe voit pas en un
clin d'œil , il faut un p.u raiſonner là-deſſus.

LUCAS.

Qu'eſt il beſoin de raiſonnement ? c'eſt un
avis de Monſieur le Curé , qui ne veut pas que
le Bailly ni le Tabellion fourriant leur nez
dans nos affaires ; il me l'a baillé en conſcience,
je te le rends de même , t'en feras ce que tu
voudras.

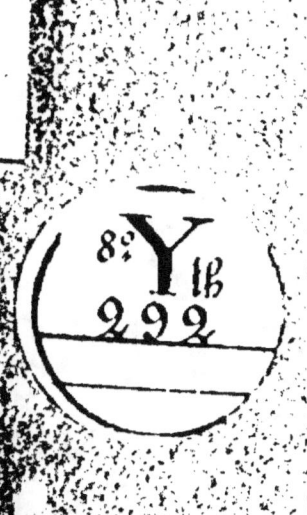

CLAUDINE.

Oui : mais écoute donc, Lucas, je suis ici dans une bonne maison, & avec une jeune maîtresse, qui m'a promis de faire ma fortune.

LUCAS.

Hé bian, tant mieux, qu'alle fasse itou la mienne, me vela tout porté, il ne lui en coûtera pas davantage.

CLAUDINE.

Hé! le moyen? tu ne sçais ni lire ni écrire.

LUCAS.

Pargué ni toy non plus, je sommes aussi sçavans l'un que l'autre, & si on fait la tienne, il m'est avis que la mienne ne sera pas plus malaisée.

CLAUDINE.

Oui, c'est bien tout un, mais ce n'est pas de même. On dit que ce n'est pas par l'esprit que les filles faisont fortune dans ce Paris : mais les hommes.

LUCAS.

Tâtigué je la serai par où tu la feras, je sommes parens, du même village, je suivrons tous deux le même chemin.

CLAUDINE.

Tu es un ignorant, ça ne se fait pas comme ça : il faut sçavoir écrire, compter, faire des chiffres, il n'y a que ce moyen-là pour parvenir.

LUCAS.

Hé bian je parviendrai, il n'y a qu'à apprendre.

CLAUDINE.

Monsieur Trapolin n'étoit qu'un paysan comme toy il y a cinq ou six ans, quand son parrain le fit venir à Paris : mais il sçait écrire lui, aussi est-il devenu si riche.

F ij

LUCAS.

Qu'eſt-ce que c'eſt que ce Monſieur Trapolin ?

CLAUDINE.

Un bien habile homme , & ſi ça eſt tout jenne,
c'eſt à qui l'aura. Il y a une vieille Madame Sara qui le veut pour elle ; & ſa niece, qui eſt
ma maîtreſſe à moy , le veut avoir itou , &
ſi je crois pourtant qu'elle s'eſt déja un peu
emparé de quelqu'autre.

LUCAS.

Mais en quoy donc eſt-ce qu'il eſt ſi habile
ce Monſieur Trapolin, qu'il a tant la preſſe ?

CLAUDINE.

Il l'eſt en tout ; agà tiens, Lucas, il change
le papier en de l'argent, & l'argent en papier,
& il ne perd jamais là-deſſus, il gagne toûjours.
Oh ! c'eſt un bon negoce.

LUCAS.

Il change du papier en de l'argent ?

CLAUDINE.

Oui, tout le papier qui eſt dans la maiſon ;
c'eſt autant d'argent , croirois-tu ça ?

LUCAS.

Morgué ! c'eſt quenque ſorcier que ce drôle-
là : nôtre barger l'eſt itou : mais il n'en ſçait
pas tant , & il eſt bian raiſonnable que les ſorciers de Paris en ſçachiant plus que les ſorciers
de village.

CLAUDINE.

Non, non, il n'y a point de ſortilege là-dedans.

LUCAS.

Il faut bian que l'y en ait ; faire de l'argent
avec du papier ! es-tu bian ſûre de ça ?

CLAUDINE.

Si j'en ſis ſûre ? il en baillit dernierement une
vingtaine de feüillets à une Madame, qui allit

tout auffi-tôt en acheter une maiſon de campagne.

LUCAS.

Acheter une maiſon avec des feüillets de papier ? Hé comment eſt-il fait ce papier-là ? en as-tu vû de prés ?

CLAUDINE.

Oui, encore hier, ſans faire ſemblant de rien, je jettis la vûë ſur un feüillet qu'une vieille Madame venoit troquer contre un ſac d'argent, qu'elle prêtit d'abord à un jeune homme.

LUCAS.

Hé bian que vis-tu ?

CLAUDINE.

Hé bian je vis du noir & du blanc, des lettres comme on écrit, & pis d'autres lettres comme on compte, m'eſt avis qu'ils appellont ça des chiffres.

LUCAS.

Vela ce que c'eſt, des chiffres, ça ne vaut pas le diable.

CLAUDINE.

Et pis il y a encore de grandes rayes avec des noms en parataphes.

LUCAS.

Juſtement, des noms en parataphes, c'eſt du grimoire ; ſi je pouvions attraper queuques petits feüillets de ce papier-là, Claudine.

CLAUDINE.

En attraper ? gardons nous-en bien, le diable nous tordroit le cou peut-être.

LUCAS.

Bon, palſanguenne eſt-ce qu'il le tord aux autres ? ayons tant ſeulement du papier, & pis laiſſe faire, je nous accommoderons avec ly, ne te boutes pas en peine. Mais voici queuqu'un, qui eſt cette perſonne-là ?

CLAUDINE.

La Demoiselle que je sers.

LUCAS.

Tâtigué qu'alle est gentille !

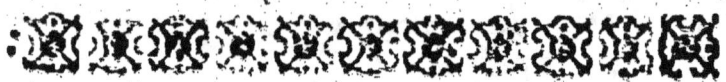

SCENE II.

SUZON, LUCAS, CLAUDINE.

SUZON

EN verité, Claudine, vous vous moquez de moy, pour aller à vingt pas d'ici vous êtes deux heures à revenir, sans la femme de chambre de ma tante je ne serois pas encore habillée.

CLAUDINE.

Je vous demande bian pardon, Mademoiselle, je ne sis pas coûtumiere de ça, mais j'ai rencontré un de mes cousins.

LUCAS.

J'ai amusé un tantinet la couseine : mais ça n'arrive pas tous les jours, on ne viant pas à Paris huit fois par semaine.

SUZON.

Hé qu'es-tu venu faire à Paris ?

LUCAS.

Pargué, Mademoiselle, voir un peu le monde, tâcher de m'y fourrer, & de faire comme les autres fortune, si je puis.

SUZON.

Tu cherches condition apparemment ?

LUCAS

Je charche sans charcher, j'en voudrois bian trouver queuque bonne.

SUZON.

Mais tu es trop formé pour être Laquais.

LUCAS.

C'a eſt vrai, vous avez raiſon, auſſi veux-je
être maître.

SUZON.

Tu veux être maître ?

LUCAS.

Oui, Mademoiſelle. Quand on a à entrer en
condition, il faut toûjours prendre la meilleure.

CLAUDINE.

Le couſin eſt comme moy. N'ai-je pas bian
choiſi la mienne, dis couſin ?

LUCAS.

Comment bian choiſi ? oh tâtigué ſi j'en avois
une comme ça, je n'en démarerois pas, & je
la ſatvirois...

SUZON.

Tu ſerois bien aiſe d'être à moy ?

LUCAS.

Oui, la peſte m'étouffe.

SUZON.

Hé que ſçais-tu faire ? as-tu appris par exemple...

LUCAS.

Oh palſanguenne non, je ne ſçai rian par ap-
prentiſſage.. Mais pour en cas de ce qui ne
s'apprend point, j'ai une routeine...

SUZON.

Mais te connois-tu en chevaux ? pourrois-tu
être cocher ?

LUCAS.

Si je ſerois cocher ? j'ai été quatre ans char-
retier d'un laboureur, ça eſt pargué bian plus
difficile que de mener un caroſſe ; il faut prendre
garde à ce qu'on fait, aller droit en beſogne :
mais un caroſſe, ce n'eſt pas de même. J'ai me-
né deux mois ſti d'un Abbé, à ſa campagne dâ :
il n'y a rien de plus commode, on n'a affaire
qu'aux chevaux, on met le caroſſe & le maître,

F iiij

& la maîtresse à son derriere, on ne les regarde pas tant seulement ; & drés qu'ils sont dedans, touche, cocher, on va où ils voulont. Allez, allez, Mademoiselle, je ferai vôtre affaire, & je ne vous crois pas si malaisée à mener qu'une charue.

CLAUDINE.

Est-ce que vous allez avoir un carosse, Mademoiselle ?

SUZON.

Je vais avoir... J'ai à te parler, Claudine, j'ai confiance en toy : mene ton cousin dans la cuisine, & le fais déjeûner ; tu viendras me retrouver ici... Voila Madame Sara, la veuve de mon oncle, qui vient me persecuter : mais j'espere que ce sera pour la derniere fois.

SCENE III.

Mᵉ SARA, SUZON.

Mᵉ SARA.

Avec qui étiez-vous là, Mademoiselle ma niece ?

SUZON.

J'étois avec Claudine, Madame ma tante, & avec un de ses cousins, que je prens à mon service.

Mᵉ SARA.

Vous augmentez vôtre domestique, Mademoiselle Suzon ?

SUZON.

D'un cocher, de deux chevaux, & d'un mari, Madame Sara.

Mᵉ SARA.

D'un mari, ma niece! d'un mari! Je suis ravie
de vous voir raisonnable, & que vous rendiez
enfin justice à la perseverance de Monsieur Zacharie, nôtre bon ami.

SUZON.

Il y a si long-temps que vous me persecutez
l'un & l'autre pour me faire prendre un engagement, qu'il faut bien à la fin s'y déterminer.

Mᵉ SARA.

Faloit-il vous persecuter pour cela... Oh il
faudra que Monsieur Trapolin prenne aussi sa
resolution dés aujourd'hui, ou je prendrai la
mienne moy, d'une maniere...

SUZON.

Son parti est pris, & le mien aussi, je vous en
répons.

Mᵉ SARA.

Son parti est pris! qui vous l'a dit? en êtes-
vous bien sûre? il est si froid & si rétif, c'est l'interêt seul qui le domine, & l'amour a si peu de
part à tout ce qu'il fait.

SUZON.

Je ne pense pas aussi que l'amour s'interesse
fort à ce qui le regarde; & pour peu de liaison
qu'il prenne avec lui, il pourroit bien en devenir la dupe, lui qui fait métier de duper les autres.

Mᵉ SARA.

Ecoutez, c'est un jeune garçon qui entend
bien ses affaires, & qui ira loin, je vous en répons.

SUZON.

Ouidà il pourroit bien faire quelque voyage
de mer le long des côtes.

Mᵉ SARA.

Je lui ai prêté de l'argent qu'il fait bien valoir; & ce qui m'en fâche, c'est qu'on le sçait.

& que je crains, en l'épousant, de paroître faire
une emplette plûtôt qu'un mariage.

SUZON.

Cela en a quelque air franchement, & d'autant mieux qu'il ne paroît pas lui fort empressé pour ce mariage.

Mᵉ SARA.

C'est ce qui me chagrine, & je le soupçonne un peu d'ingratitude.

SUZON.

Je vous aiderai à l'en punir moy, ne vous mettez pas en peine.

Mᵉ SARA.

Et malgré tout cela je ne sçaurois m'empêcher de l'aimer. Je vais de ce pas recevoir un petit remboursement que je veux lui remettre entre les mains pour présent de nôces ; ne lui en dites rien, je vous prie, je serai bien aise d'avoir le plaisir de le surprendre.

SUZON seule.

Il y aura dans toutes ces affaires-ci bien plus de surprise qu'on ne s'imagine.

SCENE IV.

SUZON, CLAUDINE.

CLAUDINE.

JE viens sçavoir ce que vous me voulez dire. J'ai laissé là-bas vôtre cocher : mais je sommes tous deux bian embarassez où je mettrons les chevaux & le carosse, il n'y a ni remise ni écurie.

SUZON.

Que cela ne vous embarasse point, je ne lo-

COMEDIE. 113

gerai pas encore long-temps dans cette maison-
ci, Claudine. Oh çà je donne aujourd'hui un
grand repas, entendez-vous ?

CLAUDINE.

Un grand repas aujourd'hui ? on n'en sçait encore rien dans la cuisine.

SUZON.

Ce n'est point à la cuisine qu'on le preparera.
Prenez le petit laquais avec vous, & allez-vous-
en tout à l'heure chez Bondal, auprés des Con-
fuls, lui dire que le diner que je lui ai comman-
dé pour aujourd'hui soit à trois heures à l'a-
dresse que je lui ai donnée, qu'on n'y manque
pas.

CLAUDINE.

C'est à la maison où vous allez demeurer, je
gage ?

SUZON.

Tu es penetrante, Claudine. Vous irez de
là chez Madame Darboulin, ruë Coquilliere,
dire qu'on porte au même endroit dés ce matin
les deux douzaines de bouteilles de vin de Bour-
gogne, & la douzaine de Champagne que je
payai hier.

CLAUDINE.

Voila des preparatifs qui sentent bien la nôce,
Mademoiselle. Mais pourquoy faut-il que vous
ayez tout cet embarras-là vous ? Monsieur Trapolin ne pouvoit-il pas de son côté...

SUZON.

Monsieur Trapolin ? ces preparatifs-là ne le
regardent point, ma pauvre Claudine ; & tu ne
m'as vû de liaison avec lui, je ne l'ai flaté,
que pour avoir occasion de vanger le public, &
quelque particulier de ma connoissance qu'il a
vexé un peu trop durement.

CLAUDINE.

C'est ce jeune Monsieur qu'on appelle Cli-

F vj

tandre, qui jure si fort quelquefois contre lui ?

SUZON.

Paix, tais-toy, Claudine.

CLAUDINE.

J'ai mis le nez dessus, n'est-ce pas ?

SUZON.

Tu vois trop clair ; va vîte, & reviens de même.

SCENE V.

SUZON *seule.*

LE parti que je prens va faire du bruit dans le quartier. Monsieur Trapolin ne s'attend gueres à l'incident que je lui prepare ; cet animal-là me croit amoureuse de lui, parce que je lui serre son argent, & le produit secret de ses friponneries... Qu'ai-je fait de sa lettre... Quoyque nous soyons dans le même logis, il m'écrit tous les jours, comme s'il avoit parole de m'épouser... Aurois-je perdu celle de ce matin... Il n'y a pas grand inconvenient... Elle n'apprendra rien aux curieux, dont on ne soit prêt de les détromper.

SCENE VI.

DURILLON, SUZON.

DURILLON.

ON ne vous accusera pas d'être trop grande dormeuse. Les plus jeunes filles sont les plus alertes.

SUZON.

J'ai des desseins & de grandes affaires dans la tête, Monsieur Durillon. Je vous avois fait prier de passer ici en allant au Châtelet.

DURILLON.

Je m'y rends aussi, comme vous voyez.

SUZON.

Oui : mais vous y deviez être à huit heures, il en est neuf ; il y a trois heures que je vous attens.

DURILLON.

Ah, ah, ah ! comme vous comptez, Mademoiselle Suzon.

SUZON.

Comme vous faites vos memoires de frais, Monsieur le Procureur. Mais calculons juste. Quand je n'aurois attendu qu'un moment, ne m'avouërez-vous pas que vous avez tort ? & trouvez-vous, de bonne foy, que je sois faite pour attendre ?

DURILLON.

Un amant, non : mais un Procureur, on n'a pas si grande envie de nous voir nous autres.

SUZON.

Je vous regarde d'un autre œil. Vous étiez ami de mon oncle, je vous crois le mien. Traitons ensemble sur ce pied-là, s'il vous plaît.

DURILLON.

C'est bien de la grace que vous me faites.

SUZON.

Avez-vous songé serieusement à la petite affaire que je vous avois prié d'examiner ?

DURILLON.

Soyez en repos là-dessus. La donation qui vous a été faite par vôtre oncle est d'autant meilleure, qu'elle a été insinuée deux mois avant sa mort ; & pour les autres sommes qu'il vous a leguées par son testament, vôtre tante au-

roit absolument perdu l'esprit, si elle entrepre-
noit de vous disputer une obole.

SUZON.

Cela est bien sûr ?

DURILLON.

Rien ne l'est davantage.

SUZON.

Vous m'en répondez ?

DURILLON.

Sur mon honneur.

SUZON.

Ah quelle caution ! vous me faites trembler,
Monsieur Durillon.

DURILLON.

Vous ne me traitez pas en ami.

SUZON.

Pardonnez-moy, fort familierement, comme vous voyez : mais je ne vous en estime pas
moins, & je vous suis tres-redevable de l'at-
tention que vous avez euë.

DURILLON.

Si j'osois esperer que pour reconnoissance...

SUZON.

Je n'en manquerai pas, je vous le promets.

DURILLON.

Vous ne dépendez que de vous-même, je suis
veuf, sans enfans, vous pouvez disposer de vôtre cœur & de vôtre bien en faveur de qui il
vous plaira.

SUZON.

Ces dispositions-là sont déja faites. Il y a
quelque temps que je suis ma maîtresse, je n'ai
pas tardé un moment à en profiter.

DURILLON.

Hé quel heureux mortel...

SUZON.

Vous le sçaurez, & tout des premiers. Je vous
prie de la nôce.

DURILLON.

Hé pour quand ?

SUZON.

Pour aujourd'hui. Je suis expeditive ?

DURILLON.

Oui vraiment.

SUZON.

Entrez-vous chez Monsieur Trapolin ?

DURILLON.

Non : mais je ne tarderai pas à revenir ; j'ai
quelques affaires à terminer, avant que de me
livrer tout à fait aux siennes.

SUZON.

Allez donc les finir afin d'en être quitte, &
ne parlez encore à personne de la petite confi-
dence que je vous ai faite.

SCENE VII.

Mr ZACHARIE, SUZON.

ZACHARIE.

AH vous voila, charmante, que je suis heureux de vous rencontrer !

SUZON à part.

Monsieur Zacharie ! quel amant transi ! le laid
mâtin !

ZACHARIE.

Hem ? comment ? que dites-vous ?

SUZON.

Que vous descendez ici de bon matin.

ZACHARIE.

C'est ma bonne fortune qui m'y a determiné.
Que j'ai de plaisir à la regarder ! qu'elle est aimable !

SUZON *à part.*

Qu'il eſt ennuyeux ! je ne le ſçaurois voir
qu'en enrageant.

ZACHARIE.

Quoy ? plaît-il ? qu'eſt-ce ?

SUZON.

Je dis que vous êtes ſi gracieux... l'homme
du monde le plus obligeant.

ZACHARIE.

Mais eſt-il bien poſſible que vous me trouviez
comme cela, & que vous ayez la cruauté de
differer ſi long-temps à me tenir la parole que
Madame Sara vôtre tante m'a donnée ?

SUZON.

Tenez, Monſieur Zacharie, voulez-vous que
je vous parle franchement ?

ZACHARIE.

Vous me ferez plaiſir.

SUZON.

Depais que je ſuis ma maîtreſſe, il me ſem-
ble que ce ſeroit relâcher de mes droits, que
de déterminer mes volontez par celles de ma
tante ; c'eſt à preſent de moy qu'il faut m'ob-
tenir, ce n'eſt pas d'elle, & je vous avouë que
je me revolte de voir qu'on s'adreſſe à d'autres qu'à moy pour ces affaires-là.

ZACHARIE.

Hé bien voila qui eſt fait, vous n'avez qu'à
parler, je vous demande à vous-même, & je
veux que ce ſoit vous ſeule qui rendiez juſtice
à mon amour.

SUZON.

Vous trouverez un Juge bien prevenu.

ZACHARIE.

Je ne vous parlerai point de mon merite.

SUZON.

Ni de vôtre âge, n'eſt-ce pas ?

ZACHARIE.

Ni de mon coffre fort, où il pleut pourtant
tous les jours presqu'autant d'argent que je le
souhaite.

SUZON.

Voila un article bien engageant.

ZACHARIE.

J'ai fait cette semaine à moy tout seul pour
plus de quarante mille francs de conversions, &
si nous ne sommes encore qu'au Jeudy.

SUZON.

Quarante mille francs ? voila bien de l'argent.

ZACHARIE.

N'est-il pas vrai ? & il y a le tiers de profit
pour le moins.

SUZON.

Le tiers de profit ? Mais parmi toutes ces con-
versions-là, Monsieur Zacharie, ne feriez-vous
pas bien de songer un peu á la vôtre ?

ZACHARIE.

Cela viendra, ma chere enfant, cela viendra;
& tout aussi-tôt que nous serons mariez je re-
nonce absolument à tout negoce, & je veux que
nous n'ayons vous & moy d'autre occupation
que de nous aimer.

SUZON.

De nous aimer ? vous auriez trop d'occupation, Monsieur Zacharie, & de mon côté moy, je
je n'en aurois gueres.

ZACHARIE.

Vous me promettez donc ?

SUZON.

Je ne vous promets rien : mais je fais à trois
heures une assemblée d'amis & d'amies, que
j'ai fait inviter à diner chez un personne de ma
connoissance ; j'ai compté que vous en seriez ;
je viendrai vous prendre avec ma tante, nous y

parlerons de cette affaire, & la pluralité des voix me déterminera sur le champ : je ne vous demande pas un plus long terme.

ZACHARIE.

Oh la pluralité des voix sera pour moy : je ne me sens pas de joye.

SUZON.

On ouvre chez Monsieur Trapolin, j'ai quelques affaires en ville, & je dois trouver là-bas un carosse de remise ; je vous laisse.

ZACHARIE.

J'entre un moment, j'ai à parler à mon filleul pour nôtre arrangement d'aujourd'hui.

SCENE VIII.

Mr TRAPOLIN, Mr ZACHARIE.

TRAPOLIN *en sortant de son cabinet.*

OH parbieu vous n'y entendez rien en comparaison de moy, Monsieur Craquinet, il faut connoître son monde, & sçavoir à propos serrer le bouton aux emprunteurs que leurs affaires pressent.

ZACHARIE.

A qui en avez-vous, mon filleul, vous me paroissez bien émû ?

TRAPOLIN.

J'achevois de donner des instructions à cet ignorant de Monsieur Craquinet, qui n'entend non plus le fin des affaires.

ZACHARIE.

Il a pourtant été pendant plus de quinze ans Maître Clerc, tant chez les Procureurs que chez les Notaires.

TRAPOLIN.

Hé bien, avec ce grand fonds d'étude & cette heureuse education-là, c'est le moins déterminé personnage... Sçavez-vous bien ce qu'a fait cet animal-là ?

ZACHARIE.

Comment le sçaurois-je ? il faudroit deviner.

TRAPOLIN.

Il a prêté treize mille francs de papier à rendre dans six mois tout en espece, & il n'a fait faire le billet que de quinze.

ZACHARIE.

Ah, ah ! il prend quelquefois des caprices de scrupule, dont les grands hommes ne sont pas les maîtres.

TRAPOLIN.

Parbleu nous sommes ruïnez, si cela continuë ; quinze mille francs pour treize, au bout de six mois ! il n'y a pas de l'eau à boire.

ZACHARIE.

Il faut lui dire de ne pas tant lâcher la main.

TRAPOLIN.

Et avec qui fait-il cette affaire-là ? car c'est ce qui me chagrine.

ZACHARIE.

Hé bien, avec qui ?

TRAPOLIN.

Avec un nouveau Traitant, qui est obligé de payer aujourd'hui partie de ses avances, pour n'être pas exclus d'un traité... Fy, fy, fy, cela crie vangeance.

ZACHARIE.

Assurément, c'est un imbecile que Monsieur Craquinet, & qui ne sçait pas profiter de l'occasion, il faut être plus ferme. Comment va le courant aujourd'hui ?

TRAPOLIN.

Je ne ſçai, je n'ai point vû le Thermometre, je ne ſuis pas encore ſorti : mais il ira comme nous voudrons ; quand on eſt trois ou quatre forts bureaux de bonne intelligence.

ZACHARIE.

Quel fonds avons-nous ? cela nous reglera.

TRAPOLIN.

Quantité de papier, & fort peu d'argent ; & pour ne pas manquer quelque bonne affaire, il faut inceſſamment faire de l'eſpece.

ZACHARIE.

Madame Sara reçoit aujourd'hui un petit rembourſement de huit mil livres, qu'elle doit vous remettre.

TRAPOLIN.

Huit mille livres ? voila une plaiſante reſſource !

ZACHARIE.

Il ne tient qu'à vous de diſpoſer de davantage. Vous avez un engagement avec elle, que n'en ſortez-vous avec honneur ? il faut finir une fois.

TRAPOLIN.

Il faut finir, il faut finir, vous ne me dites rien de nouveau, je ſçai bien cela : mais Madame Sara eſt prête à finir elle, je ne fais que de commencer moy, trouvez-vous que nous devions finir enſemble ? cela ſeroit ridicule.

ZACHARIE

Vous y ferez vos reflexions. Cependant puiſque le papier nous gagne, & que l'eſpece eſt rare, il eſt bon de baiſſer aujourd'hui le papier de huit pour cent : quand nous nous ſerons défaits du nôtre, on le remettra ſur le même pied, ou on le rehauſſera, s'il eſt poſſible.

TRAPOLIN.

Cela ſera bon comme cela. Hola hé, Guillaume,

SCENE IX.

M. TRAPOLIN, M. ZACHARIE, GUILLAUME.

GUILLAUME.

Que vous plaît-il, Monsieur ?

TRAPOLIN.

Le papier baissé de huit pour cent. Faites-vous écrire de petits billets d'avis, que vous porterez : sçavoir,

Chez Monsieur Villain, ruë Trousse-vache, à la Dame Gigogne.

Monsieur saint Denis, ruë saint Bonnet, à l'Image saint Claude.

Monsieur Laîné, ruë Julien-rebec, à la Casaque retournée.

Et Madame Bersabée, au Cheval qui chiffre, ruë Geoffroy-lanier. Ce sera assez d'avertir ces quatre endroits-là, les petits Bureaux s'y conformeront.

ZACHARIE.

Nôtre Huissier n'est pas venu aujourd'hui !

TRAPOLIN.

Il y a deux jours que je ne l'ai vû.

ZACHARIE.

Mais tant pis vraiment, cet homme-là devient negligent. Il y a eu ces jours-ci quantité de Sentences aux Consuls, il se infonne nombre de banqueroutes, & il ne devroit pas passer un soir, sans vous apporter le memoire du fort & du foible.

TRAPOLIN.

Il me l'a envoyé, je suis au fait de tout.

ZACHARIE.

Nous avons encore Monsieur Durillon le Procureur, qui est excellent pour discuter un em-
prunteur, cet homme-là connoît à fonds les affaires de tout Paris.

TRAPOLIN.

Je n'en fais gueres sans les lui communi-
quer.

ZACHARIE.

Et vous faites bien ; on ne sçauroit prendre
trop de précaution dans le temps où nous sommes. Sans adieu, je vais battre l'estrade dans
les Caffez, & je vous adresserai les dupes qui
tomberont sous ma coupe.

SCENE X.

TRAPOLIN *seul.*

JE les attens, & je vous en rendrai bon compte.
Il est encore de bonne heure, arrangeons
un peu le porte-feuille, & calculons le produit
d'hier, en attendant que la foule vienne.

Fin du premier Acte.

ACTE II.

SCENE PREMIERE.

TRAPOLIN, DUBOIS.

TRAPOLIN.

A H te voila, cousin ; car je ne fais pas mystere de t'avoüer pour tel, quand nous ne sommes que nous deux.

DUBOIS.

Je garde là-dessus autant de mesures que toy ; je ne te suis jamais venu voir avec les livrées de Monsieur le President : j'ai toûjours bien compris que tu avois des raisons pour faire l'homme de consequence.

TRAPOLIN.

Malepeste, c'est un des grands moyens de le devenir. Je ne serai pas long-temps sans l'être : je suis à la veille de faire ta fortune ; & je ne puis mieux commencer ton établissement, qu'en t'associant à nôtre commerce.

DUBOIS.

Tu m'as fait sortir de condition, & tu crois pouvoir faire ma fortune ? mais je crois moy que tu as manqué la tienne, en sortant de chez ton parrain Monsieur Zacharie.

TRAPOLIN.

Oh bien, mon ami, voila ce qui te trompe :

c'est pour la faire que j'en suis sorti. J'ai été pendant quatre ans le premier Commis de ce vieux usurier-là.

DUBOIS.

Premier Commis d'un usurier ! & tu quittes un poste comme celui-là dans le temps qui court ?

TRAPOLIN.

Je ne l'ai quitté que pour devenir son associé : je n'ai jamais eu d'autre profit avec lui, que la moitié de sa mauvaise reputation ; & deshonoré pour deshonoré, il vaut mieux l'être pour son compte, que pour celui de son parrain.

DUBOIS.

Mais il auroit fait quelque chose pour toy ? il est riche & vieux garçon.

TRAPOLIN.

Il a fait tout ce qu'un vieux avare est capable de faire. Il est plus ladre que jamais, il songe à se marier.

DUBOIS.

Il songe à se marier ! & avec qui ?

TRAPOLIN.

Avec une jeune personne que l'on appelle Mademoiselle Suzon.

DUBOIS.

La niece d'une certaine Madame Sara ?

TRAPOLIN.

Justement, la veuve de ce riche Fripier de meubles, qui étoit camarade d'usure de Monsieur Zachatie.

DUBOIS.

Et qui a laissé en mourant tant d'argent comptant ?

TRAPOLIN.

Que Madame Sara fait travailler à merveilles depuis son veuvage.

DUBOIS.

DUBOIS.

Si ces gens-là s'uniſſent une fois , ils feront
une bonne maiſon.

TRAPOLIN.

Je ſuis plus ſûr que lui d'être de la famille.

DUBOIS.

Hé comment cela ?

TRAPOLIN.

Je ſuis déja aſſocié avec Madame Sara moy.

DUBOIS.

Ah je comprens, tu deviendras l'oncle de Monſieur Zacharie ? il aura la niece avec rien, & toy
le bien avec la tante ?

TRAPOLIN.

Avec la tante ? non , je prens des meſures plus
juſtes , je ne m'aſſocie qu'avec l'argent.

DUBOIS.

Il ſera difficile d'avoir l'un ſans l'autre.

TRAPOLIN

Je me ſuis arrangé de maniere à n'en avoir pas
le démenti.

DUBOIS.

Tant mieux.

TRAPOLIN.

Madame Sara m'a déja prêté dix mille écus.

DUBOIS.

Sur ton billet ?

TRAPOLIN.

Sur une promeſſe de mariage pure & ſimple,
payable à vûë dans quatre mois.

DUBOIS.

Le terme eſt court , il faudra payer à l'écheance.

TRAPOLIN.

Cela eſt échû : mais j'ai encore les dix jours
de grace.

DUBOIS.

Hé ne te preſſe-t-on point pour le payement ?

G

TRAPOLIN.

Comme tous les diables. Y a-t-il animal plus preſſant qu'une vieille amoureuſe ? Mais je laiſſerai proteſter cette lettre de change-là.

DUBOIS.

Tu te feras des affaires.

TRAPOLIN.

Monſieur Zacharie m'en tirera, il a endoſſé la promeſſe.

DUBOIS.

C'eſt donc de ſon aveu que la choſe ſe fait apparemment ?

TRAPOLIN.

Tu l'as deviné, il eſt convenu de ſes faits avec Madame Sara, pour épouſer la niece, & ils ont crû faire de moy le pot de vin du marché.

DUBOIS.

Mais le pot de vin manquant, marché nul ?

TRAPOLIN.

Le marché tiendra, avec quelque dérangement pourtant dans les articles.

SCENE II.

TRAPOLIN, DUBOIS, UN LAQUAIS.

TRAPOLIN.

QU'eſt-ce qu'il y a, laquais?

DUBOIS.

Eſt-ce là un de tes gens ? tu as là de belles livrées.

TRAPOLIN.

Elles ne ſont pas ſi belles que celles que tu quittes : mais elles ſont meilleures ; & le parrain

& moy nous avons passé par là.

LE LAQUAIS.

Monsieur Durillon vient de venir là-bas avec
un jeune Monsieur, qui est allé l'attendre quelque part ; il demande s'il peut monter, & si
vous n'avez point d'affaires.

TRAPOLIN.

Ne sçait-il pas bien qu'on n'en a point de
secretes pour lui ? Il est le maître, qu'il vienne.

DUBOIS.

N'est - ce pas un Procureur que ce Monsieur
Durillon ?

TRAPOLIN.

Oui. Un des honnêtes hommes de la profes-
sion, s'il en fut jamais, plein d'honneur & de
probité. Il a été Commissaire des pauvres, &
il est Marguillier de sa petite Paroisse.

DUBOIS.

Oh bien le Président de chez qui je sors ne
fait pas si grand cas que toy de Monsieur le
Marguillier, & il le traita hier devant trente
personnes d'une maniere...

TRAPOLIN.

Paix, tais-toy, le voici.

SCENE III.

DURILLON, TRAPOLIN,
DUBOIS.

DURILLON.

JE prens les devans, Monsieur Trapolin, pour
vous mettre au fait d'une affaire qui va vous
passer par les mains, pour un jeune sot avec

qui l'on peut traiter sûrement... moyennant...
Qui est cet homme-là?

TRAPOLIN.

Un garçon de famille de ma Province, qui
vient ici chercher de l'employ.

DURILLON.

J'ai quelque idée recente de l'avoir vû quelque part.

DUBOIS.

Cela est vrai, Monsieur, je demeurois encore
hier chez vôtre voisin Monsieur le Président:
mais l'avanie qu'il s'avisa de vous faire dans
sa cour m'a fait craindre qu'il n'eût pas plus
d'égard pour ses valets que pour ceux de la
Justice, j'ai pris le parti de le quitter.

DURILLON.

Vous faites fort bien. Fy c'est un brutal, je
m'apperçûs bien que ses vilaines manieres vous
scandalisoient; cela me donna de l'estime pour
vous, de ne vous point voir rire comme les
autres.

DUBOIS.

Je fus trop sensible à l'embarras où vous étiez.

DURILLON.

Cela demonte d'abord: mais cela n'embarasse
qu'autant que dans le fonds on est sensible à de
certaines choses. Au bout du compte je soû-
tins assez bien cela, n'est-ce pas?

DUBOIS.

Oh pour cela oui, avec une fierté.

DURILLON.

Il en faut avoir dans de certaines occasions...
mais avec une certaine modestie pourtant....
Ces Messieurs-là sont les maîtres, à bien prendre la chose; & après tout ils ont beau dire,
c'est à la robe qu'ils parlent, ce n'est pas à la
personne.

TRAPOLIN.

Affurément.

DURILLON.

Le plus honnête homme du monde eft expofé
à cela à caufe de la houffe.

DUBOIS.

Sans doute.

DURILLON.

La houffe ôtée, il n'y a qu'à la fecoüer, autant
en emporte le vent, cela s'en va comme de la
pouffiere.

TRAPOLIN.

Et la robe en eft moins gâtée même.

DURILLON.

Sans comparaifon avec des impolis comme
cela, il faut leur dire tout bas ce qu'ils vous di-
fent tout haut, il n'y a pas d'autre confolation.

DUBOIS.

C'eft la bonne maniere, vous avez raifon. Oh
bien, Monfieur, vous avez fecoüé la houffe,
& moy je l'ai quittée, & voila Monfieur Trapolin, mon compatriote, qui me fait la grace...

TRAPOLIN.

Je le prens pour mon Commis, Monfieur Durillon, qu'on ne fçache point où vous l'avez vû,
entendez-vous ?

DURILLON.

Non, non, non, je n'ai garde : qu'il ne parle
point de l'avanture du Préfidént, cela n'eft bon
à rien.

DUBOIS.

Le Ciel m'en preferve, je fuis difcret pour toutes chofes.

TRAPOLIN.

Puifque vous avez tant de difcretion, on
peut vous confier les affaires fecretes.

DUBOIS.

Oh pour cela oui, je vous en affure.

TRAPOLIN.

Paſſez dans mon cabinet , Monſieur Dubois.

DUBOIS.

Oui , Monſieur.

TRAPOLIN.

Voila la clef d'une armoire ferrée , que vous trouverez à gauche en entrant.

DUBOIS.

Fort bien , Monſieur, je vous apporterai...

TRAPOLIN.

Vous ne m'apporterez rien ; il n'y a dans cette armoire-là qu'une bonne porte de chêne dans le fonds , où vous aurez ſoin de fraper un peu ferme.

DUBOIS.

J'entens , Monſieur.

TRAPOLIN.

Un petit homme noir & ſec viendra vous l'ouvrir.

DUBOIS.

Je ſuis au fait.

TRAPOLIN.

Vous lui donnerez ces papiers-là, il y en a pour vingt-deux mille livres : on ira les lui demander de ma part, il les prêtera obligeamment au porteur d'une lettre que j'ai donnée , & ſe fera faire un billet de vingt-cinq, en eſpeces ſonnantes dans trois mois, il me remettra le billet quand l'affaire ſera conſommée ; retiendrez-vous bien tout cela, Monſieur Dubois ?

DUBOIS.

Je n'en oublierai pas une ſyllable.

SCENE IV.

DURILLON, TRAPOLIN.

DURILLON.

LE profit est fort, Monsieur Trapolin, en trois mois mille écus, sur vingt-deux mille livres.

TRAPOLIN.

Cela vaut cela, ou cela ne vaut rien, Monsieur Durillon, je sçai si bien ce que je fais, il faut s'accommoder aux circonstances, & connoître à qui on a affaire : sçavez-vous bien que ce sont des gens, qui sans ce secours-là feroient dés demain banqueroute, & qu'ils sont bien-heureux que j'aye assez de charité pour leur faire plaisir dans l'occasion.

DURILLON.

Vous les empêchez de faire banqueroute demain, ils la feront dans quinze jours peut-être, & vous y serez pour vôtre compte : je ne m'étonne pas que vous preniez si gros, cela est un peu risqué.

TRAPOLIN.

Il faut bien faire quelque chose pour ses amis ; & puis je vous dirai que j'ai ici en nantissement toute leur vaisselle d'argent, les meilleurs effets de leur magazin, dont ils n'ont point de reconnoissance, je leur prête mon papier sous le nom d'un autre, afin d'être en droit d'avoir mes seuretez : vous imaginez-vous, Monsieur Durillon, que ce soit moy qui hazarde le plus dans cette affaire ?

G iiij

DURILLON.

Oh pour cela non, sans contredit : mais dites-
moy un peu, qu'est-ce que c'est que cette armoire ferrée, qui même a une grosse porte de
chêne, que vient ouvrir un homme sec & noir,
lorsque l'on frape un peu ferme : cela a tout
l'air d'un tresor gardé par les Fées.

TRAPOLIN.

Le petit homme sec & noir est Monsieur Craquinet : ne le reconnoissez-vous pas à la phisionomie ?

DURILLON.

Cela m'a frapé d'abord : mais Monsieur Craquinet...

TRAPOLIN.

On murmuroit, comme vous sçavez, de la
grande liaison qui étoit entre lui & moy, & les
discours que tenoit le public sur nôtre étroite
intelligence jettoient une certaine lueur dans nos
affaires qui les éclairoit un peu trop, nous
avons trouvé moyen de déranger cela.

DURILLON.

Vous avez fort bien fait : mais comment encore ?

TRAPOLIN.

Nous logeons, Monsieur Craquinet & moy,
dans deux rües differentes : mais les maisons
se trouvent si favorablement disposées, qu'un
angle de mur en est mitoyen, & nous avons
par là pratiqué une ouverture secrete, qui
forme l'armoire en question, de sorte qu'on ne
nous voit point aller l'un chez l'autre, on nous
croit broüillez même, & nous soupons tous les
soirs ensemble pour nous rendre compte de nos
affaires.

DURILLON.

Cela est bien commode, & bien imaginé.

SCENE V.

TRAPOLIN, DURILLON, UN LAQUAIS, Mlle URBINE.

LE LAQUAIS.

UNe Demoiselle qui vient quelquefois ici demande à vous parler.

TRAPOLIN.

Faites entrer.

DURILLON.

Hé! c'est ma meilleure amie, Mademoiselle Urbine, mon ancienne voisine.

URBINE.

Je me trouve en pays de connoissance : je vous donne le bonjour, Monsieur Durillon ; vôtre servante, Monsieur Trapolin.

TRAPOLIN.

Je vous baise bien les mains, Mademoiselle Urbine.

DURILLON.

Quel air! quelle parure! quelle magnificence! vous vous faites porter la queuë, ma chere enfant?

URBINE.

Cela vous étonne? feu Madame Durillon avoit bien un sac de velours avec des galons.

DURILLON.

C'est un droit qu'on ne peut disputer à nos femmes, & nous sommes gens de sac nous autres : mais porter la queuë.

URBINE.

C'est un privilege que j'ai acquis en changeant de quartier, on s'en seroit moqué dans le vôtre

G v

comme on faisoit de la défunte : mais dans le
Fauxbourg comme dans le Marais les rangs sont
si heureusement confondus, que l'on y fait telle
figure que l'on veut, sans apprehender la médi-
sance.

TRAPOLIN.

Celle que vous faites est autorisée, & la passion
de ce jeune Président de Province, qui n'attend
que la mort de sa tante pour vous épouser.

URBINE.

Cette bonne Dame-là tient furieusement à sa vie,
Monsieur Trapolin, & le conseil de Monsieur
le Président, qui est composé de ma mere & de
moy, de lui, de son valet de chambre & de
son homme d'affaires, nous a déterminez à pré-
cipiter la nôce, & à faire le mariage sous seing
privé à la campagne, & c'est dans cette vûë-là
que je viens aujourd'hui vous rendre visite.

DURILLON.

Hé pourquoy la tante de Monsieur le President s'oppose-t-elle si fort à ce mariage ? vous
avez toûjours été si raisonnable, d'une des bon-
                                        à Trapolin.
nes familles du quartier... Feu Monsieur son pere
étoit un des mes confreres au moins, il est vrai
qu'il se défit de sa Charge un peu malgré lui :
mais il étoit si plein d'honneur qu'il en mourut
de chagrin six semaines après son mariage, la
veuve demeura grosse, & la pauvre femme eut
tant d'affliction de la mort de son mari, qu'elle en
accoucha trois mois après. Oh ! il y avoit bien
du bon dans cette famille-là, Monsieur Trapolin.

TRAPOLIN.

Mademoiselle Urbine est donc un enfant précoce sur ce pied-là ?

DURILLON.

Oui vraiment précoce, & tres-précoce mé-
me.

URBINE.

C'est ce qui a un peu dérangé les affaires de la famille.

DURILLON.

Un bon mariage reparera tout cela.

TRAPOLIN.

Oui : mais vous l'allez faire sous seing privé, ne vous avisez pas d'anticiper la nôce. Les filles précoces sont sujetes à porter des fruits de même espece quelquefois.

URBINE.

Que vous êtes badin, Monsieur Trapolin ! que vous êtes badin ! je vous assure que sur le chapitre du mariage je suis d'une insensibilité, d'une indolence.

TRAPOLIN.

C'est à peu près comme moy, quand j'ai bien déjeûné, j'attens le dîner d'une tranquilité, d'une tranquilité...

URBINE.

Oh ! finissez donc, j'entens raillerie : mais vous devenez trop impertinent au moins.

DURILLON.

Ce sont des plaisanteries sans consequence.

TRAPOLIN.

Je me garderois bien de les faire si elles avoient quelque fondement : mais expliquez-vous, qui vous amene ? quel service puis-je vous rendre pour vôtre mariage ?

URBINE.

Faire prêter à mon amant pour douze mille francs de papier, & nous l'escompter en argent comptant, au moins de perte que vous le pourrez, car vous prîtes un peu trop la dernicre fois.

TRAPOLIN.

Un peu trop, dites-vous ? oh bien, cette fois-ci je prendrai davantage : les affaires chez nous ne vont jamais du plus au moins, c'est

toujours du moins au plus, entendez-vous cela ?
c'est la regle.

URBINE.

Vous ferez les choses en conscience. Nous aurons besoin de six ou sept mille francs d'especes, pour des habits, un équipage & quelques
meubles : nôtre homme d'affaires endossera le
billet, & cela sera rendu dans trois ou quatre
mois, à la mort de la tante.

TRAPOLIN.

Douze mille francs de papier ? la somme est
forte, car il faudra que le billet soit de quinze.

URBINE.

Ah , ah , ah ! de quinze, Monsieur Trapolin.

TRAPOLIN.

Ils prendront cela, car ce n'est pas moy qui
prête, je n'en ai point moy de papier ; ce sont
des Turcs, des usuriers, des fripons.

DURILLON.

Oüi , Monsieur Craquinet, par exemple.

URBINE.

Nous le connoissons : le grand scelerat !

TRAPOLIN.

Vous avez raison : mais qu'est-ce que je fais
là-dedans moy ? l'office d'ami , je cherche à
faire plaisir, j'avance mon argent ; si vous sça-
viez combien je risque dans toutes ces affaires,
demandez, demandez à Monsieur Durillon.

DURILLON.

Cela n'est pas concevable , sur tout quand il
oublie par hazard à prendre des nantissemens.

URBINE.

On fera tout ce que vous voudrez, Monsieur
Trapolin, nous avons une confiance en vous qui
ne peut s'exprimer.

TRAPOLIN.

Je la merite bien , je vous en répons.

URBINE.

Pourvû que nous trouvions de l'argent, Monsieur le Président signera tout aveuglément.

TRAPOLIN.

Hé bien, puis qu'il est si raisonnable, qu'il passe dans une heure ou deux chez ce Monsieur Craquinet.

URBINE.

On lui doit déja huit cent pistoles.

TRAPOLIN.

Cela ne fait rien, c'est un Juif, un alteré qui sçait bien que cela est bon; & pourvû qu'il trouve à gagner gros avec sureté, il ne refuse point de bonnes affaires ce fripon-là.

URBINE.

Adieu, Monsieur Trapolin. Si j'épouse Monsieur le Président, vous aurez en nous une bonne pratique. Je veux lui faire changer tout son bien de nature premierement.

TRAPOLIN.

Je vous aiderai à cela, laissez-moy faire.

DURILLON.

Je vous offre aussi mes soins moy, ne vous mettez pas en peine. Adieu, ma belle voisine.

URBINE.

Je suis vôtre tres-humble servante, Messieurs.

SCENE VI.

DURILLON, TRAPOLIN.

DURILLON.

Voila une aimable enfant qui va faire une jolie fortune.

TRAPOLIN.

Et un jeune Magiſtrat qui fait de bonnes affaires.

DURILLON.

Il me paroît que cela va bon train.

TRAPOLIN.

Si par bonheur la bonne-femme de tante dure
ſix mois encore, elle n'aura point d'heritier
que moy, ſur ma parole. Mais il faut avertir
Monſieur Craquinet, & lui lâcher les douze mille livres de papier. Dubois ne revient point.

SCENE VII.

CRAQUINET, DUBOIS, TRAPOLIN, DURILLON.

DUBOIS.

PArdonnez-moy, Monſieur, me voila, &
voici Monſieur Craquinet, qui vient lui-même vous rendre réponſe de l'affaire qu'il a faite.

CRAQUINET.

Je vous apporte vôtre billet de ving-cinq mille
livres, les deux aſſociez n'ont fait nulle difficulté de le ſigner. Je les crois un peu verreux,
l'affaire n'eſt pas bonne.

TRAPOLIN.

Je connois mieux ces gens-là que vous, Monſieur Craquinet.

CRAQUINET

Ce ſont Meſſieurs Bluet & Duraiſeau?

TRAPOLIN.

Juſtement.

CRAQUINET.

De la ruë de la vieille Deüanne?

TRAPOLIN.

Hé bien oui, vous les connoissez comme moy,
qui vous dit le contraire?

CRAQUINET.

Hé bien, Monsieur Trapolin, cela ne vaut rien,
ces gens-là manqueront incessamment, & ils
n'ont pas encore huit jours dans le ventre.

TRAPOLIN.

Huit jours, hé bien huit jours soit. Puis qu'ils
ont si peu à durer, pourquoy n'en pas profiter?
il faut qu'ils crevent, il n'y a pas grand inconvenient de les achever.

CRAQUINET.

Mais...

TRAPOLIN.

Mais, mais, mais, vous êtes fort imprudent
de vous trouver en plein jour ici, & à l'heure
qu'il y vient le plus de monde : je serois fort
fâché qu'on me vît chez vous moy, & comme
vous sçavez, nous nous faisons tort l'un à l'autre.

CRAQUINET.

J'ai crû devoir...

TRAPOLIN.

Vous devez, vous devez rentrer chez vous
tout au plus vîte.

DURILLON.

Et repasser par l'armoire ferrée.

TRAPOLIN.

Oui, dépéchez. Ce jeune Président que vous
sçavez vous y attend peut-être à l'heure qu'il
est.

CRAQUINET.

Cet article-là est bon, ce n'est pas comme
l'autre.

TRAPOLIN.

Voila douze mille francs de papier que vous
lui préterez, aprés quelque difficulté pourtant,

car il faut faire valoir la chofe.

CRAQUINET.

C'eſt mon affaire , & graces au Ciel je ſçai mon métier.

TRAPOLIN.

Il n'y a pas d'excés. Il vous fera ſon billet de quinze , & ſon homme d'affaires l'endoſſera. Ce n'eſt qu'une façon de valet, eſpece de fripon que cet homme d'affaires : mais il a une Charge ſur le Charbon, & une de Metteur à Port, c'eſt toûjours un ſurcroît d'hypoteque.

CRAQUINET.

Vous avez raiſon, cela ne gâte rien.

TRAPOLIN.

Allez refermer l'armoire , Monſieur Dubois. Ce Monſieur Craquinet-là paſſe pour entendu, c'eſt un bœuf en comparaiſon de moy , croiriez-vous cela ?

DURILLON.

La grande merveille ! vous étes un aigle vous, quelle difference !

TRAPOLIN.

Pendant que vous ne faites rien ici , Monſieur Dubois, allez-vous-en recevoir ces deux lettres de change à leur adreſſe. Si on fait la moindre difficulté , allez trouver mon Huiſſier , dites-lui qu'il datte le protét d'hier , & qu'il donne aſſignation à deux heures de relevée.

DUBOIS.

Cela ſera executé à la rigueur.

TRAPOLIN.

Voila un jeune garçon qui ira loin , Monſieur Durillon , il eſt dur , ſec, impitoyable.

DURILLON.

Ce ſont là de grands talens.

SCENE VIII.

TRAPOLIN, CANGRENE. DURILLON.

CANGRENE.

JE vous donne le bon-jour, Meſſieurs, je ſuis
bien aiſe de vous rencontrer enſemble, & je
ne pouvois trouver une meilleure occaſion.

TRAPOLIN.

Hé c'eſt vous, mon cher ami Monſieur Cangrene, il y a un ſiecle qu'on ne vous a vû.

CANGRENE.

Je ſuis preſque toûjours à la Cour. Quand on
a une fois goûté ce païs-là...

DURILLON.

Vôtre ſerviteur, Monſieur Cangrene.

CANGRENE.

Je vous baiſe bien les mains, Monſieur Durillon.

TRAPOLIN.

Vous avez abandonné le commerce, & vous
ne vous mêlez plus d'aucunes affaires ?

CANGRENE.

Au contraire, mon ami, plus que jamais : mais
comme je vois un certain arrangement dans les
miennes, & que je ſuis bien aiſe de me faire des
amis & des protections, je ſuis un peu moins
dur qu'il n'a falu l'être pour commencer un
établiſſement.

DURILLON.

La moderation eſt loüable.

CANGRENE.

Il eſt bon de mettre un frein à ſes paſſions,

& de ne pas paſſer de certaines bornes.

TRAPOLIN.

Vous avez raiſon. Quand j'aurai attrapé celles où vous êtes, je ne me ſoucierai pas d'aller
plus loin, je vous en répons.

CANGRENE.

Auſſi ne me mêlai-je plus de rien qui puiſſe
charger ma conſcience.

TRAPOLIN.

Je crois qu'elle a tout au moins la charge qu'il
lui faut.

DURILLON.

Je l'ai pourtant toûjours connuë pour une des
plus robuſtes du temps preſent, & je n'en ſça-
che point d'auſſi forte parmi tous ces Meſſieurs,
c'eſt beaucoup dire.

CANGRENE.

Cela ſe pourroit bien : mais il y a de grands
heros chez vous autres, ſans vous compter,
Monſieur Durillon.

TRAPOLIN.

Laiſſons les complimens, Meſſieurs. Qui vous
amene ici aujourd'hui chez moy, mon cher ami ?

CANGRENE.

Un petit ſcrupule que mon beau-pere Monſieur de la Foret m'a mis dans la tête, il dit
que j'ai trop gagné dans une petite affaire.

DURILLON.

Peut-on trop gagner dans des bagatelles ? la
plaiſante idée !

TRAPOLIN.

Vôtre beau-pere ſcupuleux ſur le profit ? vous
me ſurprenez. Je le croyois Caiſſier ?

CANGRENE.

Auſſi l'eſt-il : mais cela n'empêche pas qu'il ne
ſoit honnête homme.

TRAPOLIN.

Je le crois bien.

CANGRENE.

Ses remontrances me chagrinent, cela m'empêche de joüir avec tranquilité de la petite fortune que je me suis faite, & les reflexions me
dégoûtent de la continuer.

TRAPOLIN.

Je me marierai peut-être bientôt : mais je
n'aurai point de beau-pere, Dieu merci.

CANGRENE.

Et c'est pour me remettre un peu l'esprit que
je suis bien aise de sçavoir vôtre sentiment sur
cette affaire.

DURILLON.

Tres-volontiers.

CANGRENE.

Je me determinerai par vos conseils.

TRAPOLIN.

Nous ne vous en donnerons que de sinceres
& d'utiles.

CANGRENE.

Quand on a des difficultez , on ne sçauroit
mieux faire que de consulter les maitres de l'art.

TRAPOLIN.

Vous nous faites honneur.

DURILLON.

Et vous avez raison , expliquez-nous le fait.

CANGRENE.

Un de mes intimes amis , fort galant homme,
& que je me suis fait un plaisir d'obliger, a eu
besoin de six cent francs de papier pour une affaire pressante , je les lui ai prêtez sans interêt.

TRAPOLIN.

Ce n'est pas là la source du scrupule.

DURILLON.

Sans nantissement & sans billet peut-être ? &
c'est cela qui chagrine le beau pere ?

CANGRENE.

Point du tout , il m'a fait une lettre de change.

de place en place, payable en efpeces à trois ufan-
ces.

TRAPOLIN.

Cela eft bon.

CANGRENE.

Et m'a remis entre les mains un contrat de
conftitution fur un particulier, au principal de
deux mille livres, que j'ai eu la complaifance
de prendre comme pour plus grande fûreté.

DURILLON.

Voila une conduite reguliere.

TRAPOLIN.

Et une dette bien aflurée, il n'y a point de
rifque là-dedans.

CANGRENE.

Les trois mois paffent, j'envoye chercher de
l'argent, il ne s'en trouve point.

DURILLON.

Affignation pour en avoir ? Sentence des Con-
fuls ?

CANGRENE.

Non. Ce ne font point là mes allures, affignation à mon ami ! à un honnête homme ! je le vais
trouver : vous n'avez point d'argent, je ne veux
point de procés, accommodons-nous ; fi vous
m'aviez payé fix cent livres, j'en aurois fait
pour mille francs de papier, vous en auriez befoin, je vous les prêterois, vous me feriez un
billet de pareille fomme en efpeces encore, dans
trois mois, comme l'autre.

TRAPOLIN.

Cela eft clair & net, cela ne fouffre point de
difficulté.

CANGRENE.

Auffi mon homme n'en fait-il point, tout fe
paffe en douceur, je rends le premier billet, on
en fait un autre, le temps s'écoule, l'écheance
arrive, point d'argent encore.

TRAPOLIN.

Oh! voila qui eſt impatientant, ce debiteur-là abuſe de vos bonnes manieres.

DURILLON.

Pourſuites alors, Sergens en campagne ?

CANGRENE.

Voila ce qui vous trompe ; autre facilité de ma part, nouvel accommodement : peu-on avoir de mauvais procedez avec un ami ?

TRAPOLIN.

En verité cela eſt trop honnête.

CANGRENE.

Je ne hais rien tant que de faire de la peine, & à des perſonnes qui en uſent bien ſur tout ; je n'ai jamais été proceſſif. Il m'eſt dû mille francs, j'ai entre mes mains un contrat du double, compenſons la choſe, faites-m'en un tranſport, je rends le billet.

DURILLON.

Cela eſt fort accommodant, vous donnez le ſurplus ?

CANGRENE.

Qu'eſt-ce à dire le ſurplus ? je demande du retour, & on m'en donne, je prens le contrat pour huit cent livres, ſur le pied de l'eſtimation qui en eſt faite par d'honnêtes gens de la profeſſion.

TRAPOLIN.

C'eſt tout ce que cela vaut, c'eſt eſtimer juſte.

CANGRENE.

Mon ami qui eſt honnête homme, & qui n'aime pas plus le bruit que moy, donne deux cens livres ſans barguigner ; le contrat me reſte, & nous demeurons quittes.

DURILLON.

Comme cela gagne! Monſieur Cangrene, comme cela gagne !

TRAPOLIN.

Et le beau-pere le Caiffier trouve à redire à cela ? voila un grand imbecile.

CANGRENE..

Il y a un petit article fecret qui lui fait peine : la rente du contrat a couru pendant les fix mois que je l'ai gardé, le beau-pere veut que j'en tienne compte à mon ami, cela eft-il jufte ?

TRAPOLIN.

Eh fy, fy, le contrat étoit chez vous, la rente a couru entre vos mains, vous en avez eu la peine, il faut que le profit vous demeure ; il n'y a pas un de nos confreres qui fift la chofe autrement.

DURILLON.

Les meilleurs Jurifconfultes du métier ne decideroient pas d'autre maniere.

CANGRENE.

Vous me mettez l'efprit en repos, cela me raffure.

TRAPOLIN.

Avoir été inquiet de cela, pauvre homme ! on voit bien que la Cour vous gâte, & que vous vous éloignez du commerce.

CANGRENE.

Ce n'eft pas faute de trouver de bonnes dupes dans ce pays-là : mais je m'y remettrai, laiffez-moy faire.

TRAPOLIN.

En attendant, adreffez-moy vos pratiques, je negocierai les contrats fur le même pied que vous, pour achever de guerir vos fcrupules.

CANGRENE.

Vous m'avez tranquilifé, je n'en ai plus : en vous remerciant, Meffieurs, je vous baife les mains.

DURILLON.

Il est bon d'avoir des amis fermes, & enten-
dus, Monsieur Trapolin, voila un homme qui
se seroit gâté si nous avions adheré à ses soi-
blesses.

SCENE IX.

DARGENTAC, TRAPOLIN, DURILLON.

DARGENTAC.

TRes-humble serviteur à celui des deux qui
est Monsieur Trapolin, je baise les mains
à l'autre.

TRAPOLIN.

Monsieur, je suis vôtre tres-humble valet.

DARGENTAC.

Vous êtes donc le Trapolin vous ?

TRAPOLIN.

Oui, Monsieur, fort à vôtre service.

DARGENTAC.

Je m'en réjoüis, & vous en felicite, je suis Dargentac moy.

TRAPOLIN à part.

Dargentac! je connois ce drôle-là de reputation.

DARGENTAC.

Noble famille, s'il en est au monde: mais le
malheur du temps m'a pourtant reduit à me
faire Intendant d'une maison, dont le bis-ayeul
étoit Intendant de la mienne.

DURILLON.

Voila une grande revolution.

DARGENTAC.

Patience, patience, je vange imperceptible-
ment mes ayeux, & je me rapproprie mon pa-
trimoine.

TRAPOLIN.

Je vous entens.

DARGENTAC.

Je ruïne qui m'avoit ruïné, & je me sers des
mêmes voyes : c'est joüer aux barres, comme
vous voyez.

DURILLON.

Il n'y a pas de mal à cela.

DARGENTAC.

Hé non sandis ; & sans avoir le même titre,
combien de mes confreres se croyent-ils en droit
d'en faire autant ?

TRAPOLIN.

Ils ne sont pas excusables comme vous.

DARGENTAC.

Excusables, Monsieur ? tout le monde l'est. La
fortune porte son excuse avec elle. Par quelque
route qu'on la fasse, quand elle est faite on n'a
jamais tort. Comme je suis avancé dans la mienne, & que vous marchez à pas de Geant dans
la vôtre, c'est ce qui fait que je parle ici con-
fidemment devant vous autres.

DURILLON.

Vous le pouvez en sûreté, vous êtes avec
d'honnêtes gens.

DARGENTAC.

Vous voyez comme je m'y livre.

TRAPOLIN.

Qui vous amene, Monsieur ? de quoy s'agit-
il ?

DARGENTAC.

Voici le fait, Monsieur Trapolin. J'ai quarante mille livres à payer, pour le compte de la
maison que je gouverne s'entend ; le payement

se

se devoit faire en argent comptant tout entier :
mais j'ai eu l'esprit de composer ; & sous divers
pretextes j'ai tant reculé, fatigué, vexé le crean-
cier depuis quinze mois, qu'il se contente aujourd'hui de recevoir moitié papier, moitié d'especes, c'est un profit clair, comme vous voyez.
On m'a adressé à vous pour me le faciliter :
fournissez-moy pour vingt mille livres de bon
papier, & je vous en fournis la valeur en beaux
& bons loüis d'or, ou monnoye blanche.

TRAPOLIN.

Tres-volontiers Monsieur, je suis ravi d'avoir
occasion de vous faire ce petit plaisir-là.

DURILLON.

Monsieur Trapolin est le plus obligeant homme qu'il y ait au monde.

TRAPOLIN.

Vous n'avez qu'à me faire compter les vingt
mille livres, & je vais vous livrer pour la même somme du meilleur papier qu'il y ait à Paris.

DARGENTAC.

Hem, plaît-il ? quoy ? comment dites-vous
cela, Monsieur Trapolin ?

TRAPOLIN.

Que je suis prêt à faire l'échange que vous me
proposez.

DURILLON.

Et sans vous connoître, cela n'est-il pas bien
honnête ?

DARGENTAC.

Vous ne manquez pas de bonne volonté, je le
vois : mais entendons-nous, s'il vous plaî . Vous
mettez le papier au niveau de l'argent, sans doute !

TRAPOLIN.

Oui le mien, Monsieur

DARGENTAC.

Le vôtre, ou le premier venu, j'y mets moitié de difference.

H

TRAPOLIN.

Moy, Monsieur, je n'y en mets point du tout.

DURILLON.

Le papier de Monsieur lui tient lieu d'argent.

TRAPOLIN.

Mille écus en especes, mille écus en papier, c'est presque pour moy la même chose.

DARGENTAC.

La même chose: hé donc tout devient or entre vos mains, Monsieur Trapolin?

TRAPOLIN.

Comme la moitié des payemens devient papier entre les vôtres, Monsieur Dargentac.

DARGENTAC.

Mais parlons conscicentieusement de grace.

DURILLON.

Oui de bonne foy ; car on doit en avoir dans les affaires.

DARGENTAC.

Il faut suivre l'intention des gens une fois, la mienne est de tirer profit de mon argent.

TRAPOLIN.

Et la mienne est de faire valoir mon papier.

DARGENTAC.

Hé oui, je comprens, nos intentions sont les mêmes ; & cependant si differentes, qu'elles auront peine à s'accorder.

TRAPOLIN.

Point du tout, soyez raisonnable.

DARGENTAC.

Hé cadedis, soyez-le vous-même. Ne nous disputons que de politesse.

TRAPOLIN.

Je n'ai qu'un mot. Seize mille francs d'especes, vingt mille francs de papier. Si cela vous convient, à la bonne heure : si cela ne vous accommode pas, je vous baise les mains, il n'y a rien à faire.

DARGENTAC.

Mais sçavez-vous bien que vous êtes un homme dur, & tres-dur au moins ?

TRAPOLIN.

Qu'est-ce à dire ? voila quatre cent pistoles dont je vous fais profit.

DARGENTAC.

Quatre cent pistoles ? j'ai compté sur mille.

DURILLON.

Vous avez compté en Intendant, & Monsieur Trapolin compte en Caissier lui.

TRAPOLIN.

Oui : mais je mets le profit sur le pied de huit, moitié pour vous, moitié pour moy, encore faudroit-il quelque chose à Monsieur pour son droit de presence.

DURILLON.

Assurément. Il regne une certaine droiture parmi ces Messieurs, le profit se partage d'une regularité...

DARGENTAC.

Mais, mais encore un coup, Messieurs.

TRAPOLIN.

On ne vous contraint point, vous êtes le maître : mais je vous connois, Monsieur, ce sont Messieurs de Troussignac dont vous faites les affaires. Je vois bien que nous ne conclurons rien ensemble, j'ai une petite affaire avec Monsieur dans mon cabinet.

DARGENTAC.

Arrêtez, arrêtez.

DURILLON.

Dépêchez vous donc, nôtre affaire presse.

DARGENTAC.

Ah ! Monsieur Trapolin, Monsieur Trapolin, vous me saisissez par mon foible, je ne veux pas qu'on se plaigne de moy : j'aime à me loüer des autres. Allons, vingt de papier, quinze d'especes,

H ij

& motus aux Trouffignac fur tout, le fecret vous importera comme à moy, ce n'eft pas la feule occafion que nous aurons de commercer enfemble.

DURILLON.

Oh que non, quand d'honnêtes gens fe connoif-fent une fois fur un certain pied... voyez, à quoy rêvez-vous ? pouvez-vous faire cela fans y per-dre, Monfieur Trapolin ?

DARGENTAC.

Dépêchez, déterminons-nous : le Trapolin tope-t-il ? prenons-nous parole ?

TRAPOLIN.

On fait de moy ce qu'on veut : mais pour com-mencer à faire connoiffance...

DARGENTAC.

Elle aura des fuites heureufes. A deux heures je me rends ici muni d'efpeces.

TRAPOLIN.

Je vous y attens cantonné de papier.

DARGENTAC.

Et tous trois enfemble le verre à la main, nous ratifierons l'échange.

TRAPOLIN.

Volontiers, nous dînerons enfemble.

SCENE X.

TRAPOLIN, DURILLON.

TRAPOLIN.

SI Monfieur Dargentac me manque de pa-role, les Trouffignac entendront parler de lui, je lui en donne bien la mienne.

DURILLON.

Il n'en manquera pas, cela lui est trop de conséquence.

TRAPOLIN.

Il fera sagement. J'entre un moment là-dedans pour serrer le billet de vingt-cinq mille livres, & pour regarnir de papier mon porte-feüille ; s'il venoit quelqu'un par hazard, je vous rejoins dans l'instant même.

SCENE XI.

DURILLON. *seul.*

LE bon négoce que celui de Monsieur Trapolin! s'il s'avisoit de faire banqueroute, elle seroit diablement frauduleuse.

SCENE XII.

LA BARONNE, DURILLON.

LA BARONNE.

AH! mon cher Monsieur, vous voyez une femme outrée, vexée, transportée, excedée, possedée.

DURILLON.

Possedée, Madame? voila un mauvais mal.

LA BARONNE.

Oui, possedée, Monsieur ; car il faut l'être, & c'est le diable qui se mêle de me faire joüer si malheureusement.

H iij

DURILLON.

J'en suis bien fâché, Madame.

LA BARONNE.

Et je suis au desespoir moy, Monsieur, oui au desespoir, ce qui s'appelle au desespoir, cent lieuës pardelà même, je vous assure.

DURILLON.

Cent lieuës pardelà ? voila un furieux voyage.

LA BARONNE.

Oui, c'est rage, c'est fureur, vous avez raison, gardez-vous de moy, mon cher Monsieur, gardez-vous de moy.

DURILLON.

Monsieur Trapolin.

LA BARONNE.

Je suis en état de tout faire, de tout oser, de tout entreprendre.

DURILLON.

Monsieur Trapolin.

LA BARONNE.

Je vous poignarderai, je vous assassinerai, je vous étranglerai, si vous ne me prêtez de l'argent.

DURILLON.

Monsieur Trapolin... Madame... Monsieur Trapolin.

LA BARONNE.

Monsieur Trapolin ! est-ce que ce n'est pas lui à qui je parle ?

DURILLON.

Non, c'est à moy, de par tous les diables, quelle chienne de méprise ?

LA BARONNE.

Ah ! je m'égare, je deviens folle !

DURILLON.

Cela me paroît ainsi. Mais tenez, le voila Mon-

ſeur Trapolin, achevez avec lui la converſation
que nous avions commencée.

SCENE XII.

TRAPOLIN, LA BARONNE, DURILLON.

TRAPOLIN.

Qu'eſt-ce donc, Madame de va par tout, à qui en avez-vous ? quel vacarme vous faites ?

LA BARONNE.

Ah ! mon pauvre Monſieur Trapolin, j'ai tout
perdu, je ſuis ſans un ſol, ſans une obole, &
prête à vous égorger, ſi vous ne me prêtez de
quoy faire reſſource.

TRAPOLIN.

Ma foy, Madame, je n'en ai point, & toutes
les mines du Perou ne pourroient pas ſuffire aux
pertes que vous faites.

LA BARONNE.

Les mines du Perou, Monſieur Trapolin ! les
mines du Perou ! dites les mines d'Auvergne,
je ne vous demande que du papier ; vous ne m'a-
vez jamais donné autre choſe, & le plus mauvais eſt le meilleur pour l'uſage que j'en fais,
je vous l'avouë.

DURILLON.

Voila une folle qui a des intervalles de bon
ſens.

LA BARONNE.

Quand je l'ai une fois perdu, je voudrois qu'il
devint feüille de chêne entre les mains de ceux
qui me le gagnent.

H iiij

TRAPOLIN

Comme il devient entre les vôtres.

LA BARONNE

Cela est vrai au moins. Maudit Pharaon, maudit Lansquenet, maudite fortune ! tu changeras à la fin, oui, tu changeras, il faut bien que tu changes, car tu es changeante.

TRAPOLIN.

Eh ! morbleu vous ne sçauriez changer vous, comment esperez-vous que la fortune change ?

LA BARONNE.

Je ne sçaurois changer ? oh ! je suis bien changée, je vous en répons, je n'ai pas toûjours aimé le jeu comme je fais, mes premieres passions étoient toute autre chose ; mais je les ai toûjours eû vives & onereuses, & si mon bien n'étoit pas substitué, je serois tout à fait ruinée à l'heure que je vous parle.

TRAPOLIN.

Hé ! ne l'êtes-vous pas ? vous consommez tous vos revenus d'avance, & vous me devez déja plus de quatre mille francs de delegation sur mil sept cent onze.

LA BARONNE.

Hé bien, allons jusqu'à huit, mon petit Trapolin, allons jusqu'à huit ; j'ai plus de seize mille livres de rente, comme tu sçais, ce sera la premiere demie année que tu toucheras.

TRAPOLIN.

Oui, la premiere demie année, il y a deux ans à attendre.

LA BARONNE.

Oh ! jour de Dieu, tu me les donneras, ou nous verrons beau jeu.

DURILLON.

Mais l'affaire n'est pas mauvaise, il faut se débarasser de cette femme-là.

TRAPOLIN.

Cela est bien aisé à dire : mais j'avance du
comptant, & cela ne rentre qu'au bout d'un siecle.

LA BARONNE.

On ne te demande que du papier, & cela te
rentrera incessamment, bon homme.

TRAPOLIN.

Mais vous mettrez ma caisse à sec, si cela
continuë.

LA BARONNE.

Hé non, non, va, je ne la tarirai point, je
t'en répons.

TRAPOLIN.

Mais, Madame, si...

LA BARONNE.

Mais si, car... tu m'impatientes au moins, mon
petit ami, prens-y garde.

DURILLON.

Renvoyons cette femme-là, Monsieur Trapolin.

TRAPOLIN.

Hé bien, Madame, je n'ai point d'effets :
mais j'en emprunterai, je passerai demain chez
vous, & je tâcherai de finir vôtre affaire.

LA BARONNE.

Comment demain ? eh ! que deviendrai-je aujourd'hui ? il y a gros jeu chez la Comtesse ;
faute de mille livres de papier, que tu me pourrois
donner dés à présent, je manquerai peut-être
un retour de cette capricieuse fortune, qui me
guette dans cet instant-là, pour me faire faveur : j'ai cela dans l'esprit, j'ai cela dans l'esprit, donne-moy tout à l'heure mille francs,
tu m'en apporteras demain deux autres, & je te
ferai une delegation de quatre, parce qu'il faut
attendre.

TRAPOLIN.

Vous me persuadez, je suis trop facile.

H v

DURILLON.

Mais il faut l'être avec les Dames.

TRAPOLIN.

Vous me volez, Madame, vous me coupez
la bourse; voila un billet de mille livres, c'est
tout ce que j'ai chez moy de plus solide, & vous
me reduisez à l'emprunt.

LA BARONNE.

Ah! que tu n'en manques pas, petit fripon.
Adieu, mon cher Trapolinet: mille excuses,
Monsieur, de mon petit égarement, quand je
suis outrée, & qu'on se trouve sous ma coupe...

DURILLON.

Cela n'est rien, Madame, & je suis trop heureux que cela vous ait passé.

LA BARONNE.

Vous me le pardonnez, je m'en réjoüis, & je
m'en vais mettre à la réjoüissance.

SCENE XIII.

TRAPOLIN, DURILLON.

TRAPOLIN.

Voila une belle folle au moins.

DURILLON.

Avec tout cela, ces femmes de condition ont
des manieres, un certain air de superiorité qui
determine à faire tout ce qu'elles veulent, malgré qu'on en ait.

TRAPOLIN.

Celle-là est peut-être une des plus extrava-
gantes, & des plus dérangées: mais cela a plus
de droiture, plus de probité. On dira ce qu'on
voudra, j'aime mieux le dérangement de certaines femmes du monde, que la regularité de
certaines prudes.

Fin du second Acte.

ACTE III.

SCENE PREMIERE.

SUZON, CLITANDRE.

SUZON.

Vous ne manquerez point d'argent, qui vous presse d'en demander à Trapolin ?

CLITANDRE.

L'impatience où me met ce coquin-là, qui me doit des lettres échûës, & qui differe à me les payer.

SUZON.

Je vous les payerai moy, & de son argent, je suis nantie. Dans la vûë de m'engager à l'épouser, il m'a confié le produit secret des friponneries qu'il a faites à ses associez, sur celles qu'ils font ensemble au public : cela est en or dans une cassette que je me charge de vous remettre.

CLITANDRE.

Quoyque Trapolin soit un fripon qui m'a déja fait tort de plus de vingt mille livres, je serois scrupule d'accepter la chose, avant d'avoir mis le maroufle dans son dernier tort ; c'est ce que je vais faire. J'entre pour cela dans son cabinet, & me rends dans l'instant au rendez-vous que vous m'avez donné.

SUZON.

Je vais vous y attendre.

SCENE II.

SUZON, CLAUDINE.

CLAUDINE.

Vos commissions sont faites, Mademoiselle, ça sera comme vous l'avez dit.

SUZON.

Voila qui est bien, Claudine, où est vôtre cousin?

CLAUDINE.

Là-bas, Mademoiselle, dans la cuisine, je crois qu'il déjeûne encore.

SUZON.

Qu'il ne sorte pas ; le Tailleur doit venir prendre sa mesure pour une casaque de livrées. Vous m'attendrez ici l'un & l'autre.

CLAUDINE.

Oui, Mademoiselle.

SCENE III.

CLAUDINE seule.

Si le papier que le cousin a trouvé est aussi bon que je me l'imagine, il n'aura que faire de la casaque, & nous pourrons bian tous deux nous en retorner ensemble au village. Mais j'entens Monsieur Trapolin qui querelle avec quelqu'un, il est coutûmier de ça, il faut le laisser faire.

SCENE IV.

CLITANDRE, TRAPOLIN.

CLITANDRE.

Mais, Monsieur Trapolin, je suis donc fait
pour être l'objet de vos vexations ?

TRAPOLIN.

Et moy celui de vos persecutions, Monsieur
Clitandre ?

CLITANDRE.

Vous m'avez escompté depuis six mois pour
plus de dix mille écus de papier, dont je n'ai
touché que neuf mille livres d'especes.

TRAPOLIN.

J'ai perdu là-dessus plus de trois cent pistoles de mon argent moy. Oh j'ai fait avec vous
de belles affaires !

CLITANDRE.

Voila pour huit mille livres de lettres de change à prendre sur vous.

TRAPOLIN.

D'accord.

CLITANDRE.

Payables en especes.

TRAPOLIN.

Cela est vrai.

CLITANDRE,

Il y a deux mois qu'elles sont échûës.

TRAPOLIN.

J'en conviens.

CLITANDRE.

Je suis pressé d'argent.

TRAPOLIN.

Je n'en doute point.

CLITANDRE.

Il faut que vous m'en donniez, ou que le diable vous emporte, Monsieur Trapolin.

TRAPOLIN.

Je n'ai pas un sol.

CLITANDRE.

Je vous en ferai trouver.

TRAPOLIN.

Je vous en défie.

CLITANDRE.

Vous me payerez.

TRAPOLIN.

Quand je pourrai.

CLITANDRE.

Et tout en entier, je vous en répons.

TRAPOLIN.

C'est ce qu'il faudra voir.

CLITANDRE.

Je ne prendrois pas pour cent francs de papier.

TRAPOLIN.

Vous n'êtes pas si pressé que vous le dites?

CLITANDRE.

Ni vous si fort dénué d'argent que vous le voulez paroître?

TRAPOLIN.

Vous serez trop heureux dans quinze jours de prendre un sac de mille livres, & le reste en billets.

CLITANDRE.

Je serai payé, & dès aujourd'hui, & tout en especes.

TRAPOLIN.

Vous ferez bien habile.

CLITANDRE.

Je le fuis devenu au moins, Monfieur Trapolin. A force d'être dupe, on apprend à ne plus l'être. Je vous affure que vous avez fait de moy un bon écolier.

TRAPOLIN.

Je voudrois par ma foy que ce fût tout de bon que vous vous miffiez dans le negoce.

CLITANDRE.

Il faut bien faire quelque chofe dans la vie. J'ai été caffé il y a trois mois, parce que vous m'aviez manqué de parole, & que je ne pûs, faute d'argent, ni remettre ma troupe, ni me mettre en campagne.

TRAPOLIN.

Vous aviez perdu deux mille écus à la Foire faint Germain, pourquoy joüez-vous?

CLITANDRE.

Il y eut un peu de vôtre faute & de la mienne: j'en ai été puni, il faut que vous le foyez à vôtre tour, Monfieur Trapolin.

TRAPOLIN.

Moy, Monfieur Clitandre? parbleu je ne vous crains point.

CLITANDRE.

Je vous châtierai, je vous en répons.

TRAPOLIN.

Je vous mets à pis faire.

CLITANDRE.

Je vous enleverai de vos pratiques.

TRAPOLIN.

Vous me ferez plaifir, je n'en ai que trop.

CLITANDRE.

Vous regretterez celle que je vous ôterai, je connois vôtre foible.

TRAPOLIN.

Je n'ai point de foible, je suis au dessus de tout.

CLITANDRE.

Je vous tiens par vôtre endroit sensible.

TRAPOLIN.

Vous n'avez pourtant point de mon argent.

CLITANDRE.

Je remettrai dés aujourd'hui vôtre papier à gens qui m'en donneront tout ce qu'il vaut, pour le moins.

TRAPOLIN.

Vous ferez une bonne affaire, ne la manquez pas.

CLITANDRE.

Je suivrai vôtre avis, comptez là-dessus.

TRAPOLIN.

Vous aurez raison, je n'en donne que de bons.

CLITANDRE.

Je vous en remercierai. Vôtre valet, Monsieur Trapolin.

TRAPOLIN.

Je vous baise les mains, Monsieur Clitandre.

SCENE V.

TRAPOLIN *seul.*

IL ne sera payé de plus de quatre mois, j'en sçai plus que lui ; & mon papier, quelque bon qu'il soit, ne se negocie pas aisément, à moins que je ne m'en mêle.

SCENE VI.

Mᵉ MALPROFIT, TRAPOLIN, UN LAQUAIS.

Mᵉ MALPROFIT.

SOrtez, laquais. Bon-jour, mon pauvre Monsieur Trapolin.

TRAPOLIN.

Vôtre tres-humble valet, Madame.

Mᵉ MALPROFIT.

Je viens de rencontrer un jeune homme qui sort d'ici de bien bonne humeur.

TRAPOLIN.

Il n'a pourtant pas trop sujet d'être content de moy.

Mᵉ MALPROFIT.

Vous me surprenez, Monsieur Trapolin, & je vous ai toûjours vû de si bonnes manieres...

TRAPOLIN.

On n'en a pas avec tout le monde, Madame, il y a des procedez qui dérangent, & qui forcent, malgré qu'on en ait, à sortir de son bon naturel.

Mᵉ MALPROFIT.

Le vôtre vous porte furieusement au bien, Monsieur Trapolin. Sçavez-vous que vous êtes plus connu dans Paris, que tout ce qu'il y a de plus illustre ?

TRAPOLIN.

Oh, Madame !

Mᵉ MALPROFIT.

Si j'étois homme moy je ne voudrois point d'autres talens, ni d'autre reputation que la vôtre.

TRAPOLIN.

Je suis bien heureux, Madame.

Mᵉ MALPROFIT.

Il n'a pas tenu à moy que mon imbecile de mari n'ait achevé sa fortune par la même route.

TRAPOLIN.

Je crois que sa fortune & la vôtre sont toutes faites, & son papier a sur la place un credit...

Mᵉ MALPROFIT.

Cela n'est qu'ébauché, Monsieur Trapolin, cela n'est qu'ébauché ; & Monsieur de Malprofit est un homme si borné, si fort borné, qu'il est incapable de rien conduire à la derniere perfection.

TRAPOLIN.

Vous en parlez comme il vous plaît : mais...

Mᵉ MALPROFIT.

Pardonnez-moy vraiment, depuis que je l'ai mis dans les affaires, ou pour mieux dire depuis qu'il me prête son nom, car c'est moy qui y suis au moins.

TRAPOLIN.

On le sçait bien, Madame.

Mᵉ MALPROFIT.

On ne sçauroit sçavoir tout ce que j'ai fait pour lui : je l'ai tiré de petit Commis où il étoit à Romorentin : je l'ai poussé dans le monde, presque sans sçavoir ni pourquoy ni comment, en aveugle, là comme la fortune : je l'ai fait connoître : je l'ai mis en place : il y est, je l'y soûtiens. Nous vivons bien ensemble, il est toûjours à table, & moy toûjours au jeu, ou aux spectacles, cela fait que nous ne nous voyons gueres : nous partageons le produit des affaires; il garde l'argent, me laisse le papier. J'y suis un peu lézée : mais je m'en accommode, & le secours de mon bon ami Monsieur Trapolin m'est assez souvent necessaire.

TRAPOLIN.

Je vois bien, Madame, que je puis vous être utile aujourd'hui apparemment?

Me MALPROFIT.

En quel temps, & à qui ne l'êtes-vous pas?

TRAPOLIN.

Le besoin est-il fort, est-il pressant, Madame?

Me MALPROFIT.

Ni l'un ni l'autre.

TRAPOLIN.

Tant pis vraiment, j'en suis fâché, j'en aurai moins de merite.

Me MALPROFIT.

Il ne me faut que quatre mille francs : mais j'en ai le fonds en papier, Monsieur Trapolin.

TRAPOLIN.

L'argent sera cher aujourd'hui, Madame.

Me MALPROFIT.

Il m'en faut, Monsieur Trapolin, quelque prix qu'il coûte.

TRAPOLIN.

Je vous en trouverai, n'en fut-il point.

Me MALPROFIT.

Il m'arrive des choses aussi singulieres.

TRAPOLIN.

Je le sçai, Madame, un Marchand de dentelles vous a attrapée d'une garniture.

Mᵉ MALPROFIT

J'en fuis pour deux mille livres, qu'il faut que je paye aujourd'hui, pour éviter que Monfieur de Malprofit en enter de parler.

TRAPODIN.

Deux mille livres? cela eft fort ; & une petite guenon que vous aimez, vous a caffé pour treize cent francs de porcelaines.

Mᵉ MALPROFIT.

Je les Jois encore. Ma bonne amie Madame Aubry me les avoit envoyées pour un petit entre-fol que j'ajufte. Je les voulois placer fur des confoles, le finge les plaça fur le parquet, & les mit toutes en canelle.

TRAPOLIN.

Je me déferois de cet animal-là.

Mᵉ MALPROFIT.

Je l'ai donnée à mon époux, elle lui a mangé deux promeffes des Gabelles, & renverfé une écritoire fur un billet de Compagnie : cela eft fort plaifant.

TRAPOLIN.

Voila une guenon qui lui coûte cher.

Mᵉ MALPROFIT.

Il en a qui lui coûtent davantage. Les animaux ruïnent, Monfieur Trapolin : mais quand on les aime.

TRAPOLIN.

On fait fort bien de fe contenter.

Mᵉ MALPROFIT.

C'eft ma maxime Quelque bonne affaire payera tout cela. Voila pour huit mille francs de papier, convertiffez-le fur le pied courant, & envoyez-moy l'efpece.

TRAPOLIN.

Laiffez-moy faire, Madame, je connois vôtre Marchand de dentelles, je m'accommoderai avec lui ; je payerai les porcelaines , & nous compterons du reste : je vous ferai du profit , je vous en répons.

Me MALPROFIT.

Je m'en fie bien à vous , vous avez de l'honneur & de la probité. Adieu, mon bon-homme.

SCENE VII.

TRAPOLIN *seul.*

VOila ce qu'on appelle une femme de confiance ; je me ferois un scrupule de manquer à cela. Son Marchand est un fripon, elle a raison, il est prêt à manquer, ses affaires pressent : il n'a fourni que du papier, il sera trop heureux d'être payé en papier , & autant de profit pour la Caisse. Ce ne sera pas ici le plus mauvais article de la journée.

SCENE VIII.

DARGENTAC, TRAPOLIN.

DARGENTAC.

ALlons donc, enfans. Quoy sandis vous vous essouflez pour si peu de charge ? & vous vous appesantissez sous treize mille francs d'especes ?

TRAPOLIN.

Monsieur Dargentac est de parole , c'est un galant homme.

DARGENTAC.

Me voila de retour , Monsieur Trapolin , ne

vous ai-je point fait attendre?

TRAPOLIN.

J'attens toûjours tranquilement, je fuis oc-
cupé de tant d'affaires...

DARGENTAC.

Hâtons donc d'achever la nôtre. Où eſt le papier ? voila treize mille livres de monnoye blanche, & deux mille francs en or dans cette
bourſe.

TRAPOLIN.

Le papier eſt tout prêt, je l'ai mis exprés dans
mon porte-feüille ; le voila, voyez, examinez ſi
le compte eſt juſte.

DARGENTAC *en examinant les papiers.*

Ah ! je m'en rapporte bien à vous, vous êtes
homme d'ordre, il n'eſt rien de mieux, comptons l'eſpece.

TRAPOLIN, *aprés avoir compté l'or.*

Celle de la petite bourſe eſt juſte, peſons les
ſacs de mille francs, ce ſera plûtôt fait.

DARGENTAC.

Non, non, Monſieur Trapolin, les poids ne
ſont pas toûjours juſtes, je n'ai pas fait les ſacs
moy, je ne répons de rien, je ne voudrois pas
que l'on vous abusât d'un quart d'écu, je vais
de pair avec vous pour la bonne foy, Monſieur
Trapolin.

TRAPOLIN.

J'en ſuis perſuadé, Monſieur Dargentac.

DARGENTAC.

Or ſus, comptez, avez-vous quelqu'un de
vos gens?

TRAPOLIN.

Nous n'en manquerons pas. Hola eh, laquais,
Dubois eſt-il revenu?

UN LAQUAIS.

Le voila qui rentre, Monſieur.

SCENE IX.

DUBOIS, DARGENTAC, TRAPOLIN.

DUBOIS.

IL n'y a rien de payé, Monſieur Trapolin, tout eſt proteſté, les lettres de change...

TRAPOLIN.

Vous me rendrez compte de cela une autre fois, aidez-moy à compter cet argent.

DARGENTAC *tire un ſac & le met ſur le bu-reau dans le temps que Trapolin com-mence à le compter, il entre un Fiacre.*

Tenez.

SCENE X.

TRAPOLIN, DARGENTAC, DUBOIS, UN FIACRE.

LE FIACRE *jure.*

HOla oh, Monſieur que j'ai amené, vous appellez-vous Monſieur Dargentac, par parentéſe ?

DARGENTAC.

Eh ! que lui veux-tu à Monſieur Dargentac, dis, yvrogne ?

LE FIACRE.

C'eſt que vôtre laquais eſt au cabaret, ſauf correction, je n'ai pas voulu y aller moy qui

fuis fobre. Il y a là-bas un Monfieur qui s'appelle Monfieur Trouffignac, qui m'a dit de vous
dire qu'il avoit un mot à vous dire.

DARGENTAC.

Monfieur de Trouffignac ? ké fandis qu'il
monte, je ne puis quitter, je fuis en affaires.

LE FIACRE.

Qu'il monte, qu'il monte, cela eft bien aifé
à dire, il ne fçauroit monter, il a des bequilles,
& il eft embalé dans une chaife de pofte.

DARGE TAC.

Diantre foit fait de l'... mme de me venir re-
lancer jufqu'ici ; les Trouffignac font incommo-
des. Continuez toûjours, Monfieur Trapolin,
mes efpeces font en bonnes mains, l'audience
fera courte, je defcens, & fais diligence.

TRAPOLIN.

Ne vous preffez point, cela fera du temps à
compter.

DARGENTAC.

Oh j'aurai bientôt expedié mon homme, je
fuis alerte, je fuis alerte.

SCENE XI.

TRAPOLIN, DUBOIS.

TRAPOLIN.

Voila un Gafcon qui n'eft pas mal dupe,
coufin Dubois, il y a long-temps que je
n'ai fait d'affaires à fi bon compte. Combien di-
fons-nous ?

DUBOIS.

Ma foy je ne fçai, Monfieur Dargentac & le
Fiacre m'ont étourdi, je fongeois à toute autre
chofe,

avec lui ; je payerai les porcelaines , & nous
compterons du reste : je vous ferai du profit ,
je vous en répons.

Mᵉ MALPROFIT.

Je m'en fie bien à vous , vous avez de l'honneur & de la probité. Adieu, mon bon-homme.

SCENE VII.

TRAPOLIN *seul.*

VOila ce qu'on appelle une femme de confiance ; je me ferois un scrupule de manquer à cela. Son Marchand est un fripon , elle
a raison , il est prêt à manquer , ses affaires
pressent : il n'a fourni que du fil , il sera trop
heureux d'être payé en papier , & autant de profit pour la Caisse. Ce ne sera pas ici le plus
mauvais article de la journée.

SCENE VIII.

TRAPOLIN, DURILLON.

DURILLON.

J'Ai perdu mes pas & ma peine , je ne retrou-
ve point mon jeune sot, dont nous avons con-
certé l'affaire.

TRAPOLIN.

Tantpis, cela est bon , & il ne faudroit point
que cela nous échapât.

DURILLON.

Je l'ai cherché au jeu , au cabaret, chez sa

I

maîtreſſe, on ne l'a vû nulle part.

TRAPOLIN.

Mais tantpis vraiment.

SCENE IX.

DAUDINET, TRAPOLIN, DURILLON.

DAUDINET.

AH, ah ! voici une drôle de maiſon, on ne trouve perſonne à qui parler ; eh dame, je ſuis un drôle de corps auſſi moy, je vais toûjours en avant quand rien ne m'arréte, & ſi je trouvois la caiſſe ouverte...

TRAPOLIN.

Ne ſeroit-ce point ici nôtre jeune ſot, Monſieur Durillon ?

DURILLON.

Oui, tout juſtement, c'eſt lui-même.

DAUDINET.

Bonjour, Meſſieurs, je vous rencontre à la fin, Monſieur Durillon ; c'eſt là Monſieur Trapolin, n'eſt-ce pas ?

TRAPOLIN.

Oui, Monſieur, fort à vôtre ſervice.

DAUDINET.

Je n'en doute pas, vous êtes un fort honnête homme, fort ſerviable, & que dans les occaſions... moyennant... de certaines conventions... Oh ! vous ne dites-mot... Mais vous ſçavezbien de quoy il eſt queſtion, & Monſieur Durillon vous a parlé de moy, je gage ?

DURILLON.

Non, je n'ai pas eû le loisir d'expliquer à Monsieur Trapolin...

DAUDINET.

Pourquoy donc ne me pas faire avertir qu'il n'y a encore rien de prêt, Monsieur Durillon? vous prenez les devans pour disposer les choses afin que je n'aye qu'à signer, & prendre de l'argent, car je n'entens que ces deux choses-là moy dans toutes les affaires de la vie, & je ne vois pas, quand on est ce que je suis, qu'il faille en sçavoir davantage.

DURILLON.

Non assurément. Monsieur le Marquis Daudinet est le fils d'un riche Financier, il a encore pere & mere, & on lui tient la bride un peu trop serrée, il a dessein de prendre le mords aux dents, pour galoper un peu sans contrainte dans les terres de la belle galanterie.

TRAPOLIN.

Voila un projet bien noble, & bien digne de Monsieur le Marquis Daudinet.

DAUDINET.

Il faut vous mettre au fait, Monsieur Trapolin, je suis fort embarassé, voyez-vous ; car j'ai un fort drôle de pere, & une fort drôle de mere au moins.

TRAPOLIN.

Et vous êtes un fort drôle de fils vous, à ce qu'il me semble.

DAUDINET.

Cela est vrai, vous l'avez deviné.

DURILLON.

C'est le meilleur enfant, le plus honnête garçon ; sa seule phisionomie gagne les cœurs.

DAUDINET.

Oui, je l'ai fort réjoüissante, n'est-ce pas... des manieres... il n'y a que mon pere & ma mere qui s'en plaignent : mais je sçai bien pourquoy.

TRAPOLIN.

Elles ne conviennent pas aux leurs apparemment?

DAUDINET.

Ni les leurs aux miennes , vous y voila ; je
ne sçaurois rien faire de ce qu'ils veulent , je ne
puis pas m'y résoudre.

DURILLON.

Ce sont des gens bien bizarres au moins, Monsieur Trapolin.

DAUDINET.

Cela passe l'imagination. Tenez, Monsieur, le
pere veut que je prenne une Charge à la Cour ,
parce qu'ils m'ont toûjours fait appeller Monsieur le Marquis à la maison & au College, où
j'ai bien payé ce peste de nom-là. Que de coups
de poing il a falu faire, aussi bien qu'à l'Acade-
mie , car je n'ai jamais voulu me battre à l'épée
non , cela fait que je ne veux pas être de la Cour,
voyez-vous.

TRAPOLIN.

Il y a quelque chose à dire à cela.

DAUDINET.

N'est-il pas vrai ? & la mere elle , veut que je
sois de robe , parce que j'ai étudié ; voila une
bonne chienne de raison , j'ai étudié, mais je
n'ai rien appris , je serois un plaisant Juge.

DURILLON.

Pourquoy non ? avec un habile Secretaire , &
de la protection , quelque bonne alliance...

TRAPOLIN.

Mais à quoy vôtre penchant vous porte-t-il
vous , Monsieur le Marquis?

DAUDINET.

A ne rien faire , Monsieur Trapolin.

TRAPOLIN.

Voila un bon métier.

DURILLON.

Ce font les plus heureuses inclinations.

DAUDINET.

Quel parti prendre ? la mere me desherite fi je
fuis de Cour, le pere me desherite fi je fuis de
robe, à quoy se déterminer, dites ?

TRAPOLIN.

Si vous vous sentiez du goût pour la guerre.

DAUDINET.

Ouidà pour la guerre ! quelque boulet de ca-
non me desheriteroit, je ne veux point être
desherité.

DURILLON.

Vous avez raison.

DAUDINET.

Mon pere & ma mere me disent que, quoy
qu'il puisse arriver, j'aurai huit cent mille
francs de bien aprés leur mort.

TRAPOLIN.

Huit cent mille francs ! c'est un beau denier.

DAUDINET.

N'est-il pas vrai ? & ils ne m'avanceroient pas
quatre pistoles la-dessus, voyez un peu le ridicule.

DURILLON.

Cela ne vous embarasse point, & vous n'en
manquez pas d'ailleurs.

DAUDINET.

Vraiment Monsieur Clapied, mon Precepteur, qui étudie encore pour achever d'être
Docteur, prête fur gages, comme vous sçavez, Monsieur Durillon, il seroit beau qu'il
me laissât manquer de quelque chose.

TRAPOLIN.

Voila une grande commodité.

DAUDINET.

Oh ! mais il n'a pas de fonds, je lui dois déjà
plus de deux mille écus, dont je n'ai touché que

deux cens piftoles, & fi il a à moy pour plus
de dix mille francs de bagues & de tabatieres,
que j'avois prifes à credit : il ne me donne que
cent francs à cent francs, il me fait languir,
cela ne me fait ni profit ni honneur : je fuis las
de tout cela, & Monfieur Durillon m'a dit que
nous ferions enfemble tout d'un coup quelque
bonne affaire, que je n'aurai à fonger qu'à me
divertir pendant deux ou trois mois ; tant que
l'argent durera je ne vous importunerai point.

TRAPOLIN.

Monfieur Durillon me croit plus en fonds que
je ne fuis, les efpeces font rares, & je n'ai que
du papier, Monfieur le Marquis Daudinet.

DAUDINET.

Hé bien du papier foit, qu'eft-ce que cela
fait, quand le papier eft bon ? je n'ai que du papier auffi à vous donner moy ; papier pour papier, troc pour troc, voila comme on negocie.

TRAPOLIN.

Vous croyez peut-être, ayant pere & mere que
fans donner de nantiffement...

DURILLON.

Le Precepteur eft nanti de tous les effets : mais
Monfieur le Marquis vous hypotequera...

TRAPOLIN.

Quoy ?

DAUDINET.

Palfanbleu, mon pere & ma mere, il n'y a
pas de meilleure hypoteque : ils ont des maifons
à Paris, de riches meubles, des rentes, des terres, des maifons à la campagne, & du papier
auffi-bien que vous : allez, allez, fi je pouvois
mettre la main fur le porte-feüille, je me paffe-
rois bien du fecours du vôtre.

TRAPOLIN.

Tout cela eft beau & bon : mais en faifant
affaire avec vous, je n'en veux point avoir avec
vôtre famille.

DAUDINET.

Cela est fort honnête : Mais comment ferons-
nous donc ?

DURILLON.

Vous ne sçauriez croire comme cet homme-
là respecte les familles.

DAUDINET.

Je vois bien que Monsieur a beaucoup de probité.

TRAPOLIN

C'est la seule bonne qualité dont je me pique,
& d'être bon ami sur tout.

DURILLON.

Et moy donc, croyez-vous que je sois le vôtre
ou non, Monsieur Daudinet ?

DAUDINET.

Si je le crois.

DURILLON.

Je veux vous en convaincre : je viens de faire
bâtir dans le Fauxbourg une grande maison,
qui me revient à plus de quarante-cinq mille
livres, vous n'avez qu'à l'hypotequer, je vous
la prête.

DAUDINET.

Vous me rendez confus, Monsieur Durillon,
& je ne prétens pas...

DURILLON.

Vous moquez-vous ? je suis vôtre ami, & vôtre serviteur, & si Monsieur Trapolin veut se
contenter de l'hypoteque que vous lui donnerez sur ma maison, que je vous prête, & que je
prétens même que vous declariez être à vous
dans l'obligation...

DAUDINET.

Mais en verité, Monsieur Durillon, voila des
honnêtetez, des politesses qui me confondent.

DURILLON.

En peut-on trop avoir pour ses amis ? je vous

I iiij

prierai pour toute reconnoiffance, de me prêter feulement un millier d'écus, pour achever
de payer quelques ouvriers, & je ne vous en ferai
pas de billet même, car je vous les rendrai huit
jours aprés.

DAUDINET.

Un billet? fy donc, vous moquez-vous? vous me
prêtez vôtre maifon fans reconnoiffance, & je
prendrois un billet de vous de mil écus? mais vous
me prenez pour un faquin, Monfieur Durillon.

DURILLON.

Monfieur Trapolin s'accommodera-t-il de ce
qu'on propofe ?

TRAPOLIN.

Si je m'en accommoderai ? eft-ce que je fuis
un Juif, un Arabe ? De combien Monfieur le
Marquis Daudinet aura-t-il affaire?

DAUDINET.

Hé mais je ne fçai, combien prendrons-nous,
Monfieur Durillon ?

DURILLON.

Ce qu'il vous plaira, vous fçavez vos affaires.

TRAPOLIN.

On ne peut vous fournir que du papier au
moins.

DURILLON.

J'en ferai de l'efpece moy ; je battrai monnoye, je m'en charge. Prenez vingt mille francs,
cela vous rendra quelque peu plus de moitié,
& avec cela de plus de trois mois d'ici vous n'aurez pas befoin de nouveaux expediens.

DAUDINET.

Oui cela fera bien comme cela, vingt mille
francs, allons, vingt mille francs, vingt mille
francs, Monfieur Trapolin.

TRAPOLIN.

On fera l'obligation de vingt-deux, à caufe
des interêts pour fix mois.

DAUDINET.

Oui, oui de vingt-deux foit, il n'y a rien de plus jufte.

DURILLON *à Daudinet.*

Ce Monfieur Trapolin-là fait les chofes pour rien, c'eft une franche dupe.

DAUDINET.

Cela eft vrai au moins. Vous m'avez donné là une bonne connoiffance, Monfieur Durillon.

TRAPOLIN.

Allez-vous-en faire paffer l'acte ; que Monfieur le figne, & je pafferai moy chez le Notaire, ce fera une affaire faite.

DAUDINET.

Oui, oui, nous allons revenir, Monfieur Trapolin, & je vous menerai dîner chez une belle Dame de mes amies, où vous verrez que je fuis un peu le maître, fans vanité.

TRAPOLIN.

Non, Monfieur Daudinet, c'eft à moy de vous regaler, nous dinerons enfemble.

DAUDINET.

Mais, Monfieur Trapolin...

DURILLON.

Vingt mille francs & un bon dîner, il n'y a rien de plus honnête.

DAUDINET.

Non affurément : mais j'aurai ma revanche.

TRAPOLIN *à Durillon.*

Toute la fomme à rendre en efpeces, & que le Stellionat foit bien dans les formes au moins, cela eft de confequence.

DURILLON.

Laiffez-moy faire... Monfieur Trapolin dit qu'il eft charmé de vous, Monfieur le Marquis Daudinet.

DAUDINET.

Et moy de lui, Monfieur Durillon. Oh! par

I v

ma foy voila un bien honnête homme.

SCENE X.

TRAPOLIN *seul.*

CE ne fera pas la plus mauvaife piece de nôtre fac, que Monfieur le Marquis Daudinet : il faudra que la famille paye, & de jeunes badauts comme celui-là font merveilleux, pour avancer en tres peu de temps un nouvel établiffement.

SCENE XI.

DARGENTAC, TRAPOLIN.

Un Fiacre & un Laquais portent une manne pleine de facs d'argent.

DARGENTAC.

ALlons donc, enfans. Quoy fandis vous vous eftoufflez pour fi peu de charge ? & vous vous appefantiffez fous treize mille francs d'efpeces ?

TRAPOLIN.

Monfieur Dargentac eft de parole, c'eft un galant homme.

DARGENTAC.

Me voila de retour, Monfieur Trapolin, ne vous ai-je point fait attendre ?

TRAPOLIN.

J'attens toûjours tranquilement, je fuis oc

cupé de tant d'affaires...

DARGENTAC.

Hâtons donc d'achever la nôtre. Où est le papier ? voila treize mille livres de monnoye blanche, & deux mille francs en or dans cette bourse.

TRAPOLIN.

Le papier est tout prêt, je l'ai mis exprés dans mon porte-feüille ; le voila, voyez, examinez si le compte est juste.

DARGENTAC *en examinant les papiers.*

Ah ! je m'en rapporte bien à vous, vous êtes homme d'ordre, il n'est rien de mieux, comptons l'espece.

TRAPOLIN, *aprés avoir compté l'or.*

Celle de la petite bourse est juste, pesons les sacs de mille francs, ce sera plûtôt fait.

DARGENTAC.

Non, non, Monsieur Trapolin, les poids ne sont pas toûjours justes, je n'ai pas fait les sacs moy, je ne répons de rien, je ne voudrois pas que l'on vous abusât d'un quart d'écu, je vais de pair avec vous pour la bonne foy, Monsieur Trapolin.

TRAPOLIN.

J'en suis persuadé, Monsieur Dargentac.

DARGENTAC.

Or sus, comptez, avez-vous quelqu'un de vos gens ?

TRAPOLIN.

Nous n'en manquerons pas. Hola eh, laquais, Dubois est-il revenu ?

UN LAQUAIS.

Le voila qui rentre, Monsieur.

SCENE XII.

DUBOIS, DARGENTAC, TRAPOLIN.

DUBOIS.

IL n'y a rien de payé, Monſieur Trapolin,
tout eſt proteſté, les lettres de change...

TRAPOLIN.

Vous me rendrez compte de cela une autre fois,
aidez-moy à compter cet argent.

DARGENTAC *tire un ſac & le met ſur le bu-*
reau: dans le temps que Trapolin com-
mence à le compter, il entre un Fiacre.

Tenez, comptez.

SCENE XIII.

TRAPOLIN, DARGENTAC, DUBOIS, UN FIACRE.

LE FIACRE *yvre.*

HOla oh, Monſieur que j'ai amené, vous
appellez-vous Monſieur Dargentac, par
parentese ?

DARGENTAC.

Eh ! que lui veux-tu à Monſieur Dargentac,
dis, yvrogne ?

LE FIACRE.

C'eſt que vôtre laquais eſt au cabaret, ſauf
correction, je n'ai pas voulu y aller moy qui

suis sobre. Il y a là-bas un Monsieur qui s'appelle Monsieur Troussignac, qui m'a dit de vous
dire qu'il avoit un mot à vous dire.

DARGENTAC.

Monsieur de Troussignac ? hé sandis qu'il
monte, je ne puis quitter, je suis en affaires.

LE FIACRE.

Qu'il monte, qu'il monte, cela est bien aisé
à dire, il ne sçauroit monter, il a des bequilles,
& il est embalé dans une chaise de poste.

DARGENTAC.

Diantre soit fait de l'homme de me venir re-
lancer jusqu'ici ; les Troussignac sont incommo-
des. Continuez toûjours, Monsieur Trapolin,
mes especes sont en bonnes mains, l'audience
sera courte, je descens, & fais diligence.

TRAPOLIN.

Ne vous pressez point, cela sera du temps à
compter.

DARGENTAC.

Oh j'aurai bientôt expedié mon homme, je
suis alerte, je suis alerte.

SCENE XIV.

TRAPOLIN, DUBOIS.

TRAPOLIN.

VOila un Gascon qui n'est pas mal dupe,
cousin Dubois, il y a long-temps que je
n'ai fait d'affaires à si bon compte. Combien di-
sons-nous ?

DUBOIS.

Ma foy je ne sçai, Monsieur Dargentac & le
Fiacre m'ont étourdi, je songeois à toute autre

chofe, je vous l'avouë ; recommençons pour
plus de fûreté.

TRAPOLIN.

Non, non, c'eſt quatre-vingt-cinq, je m'en
reſſouviens, quatre vingt-dix, quatre-vingt-quin-
ze, un, deux, trois, quatre, quatre-vingt-dix-
neuf, avec la monnoye, cela eſt bon, voyons
le reſte.

DUBOIS *prenant un autre ſac.*

En voici un qui eſt diablement leger. . . . . .
Il le defait, & le jette ſur la table.
quelle chienne d'eſpece.

TRAPOLIN.

Comment ? quoy ? qu'eſt - ce que cela ſignifie ?

DUBOIS.

Ma foy cela ne ſignifie rien de bon ; vous êtes
trompé, ſi je ne me trompe, & le Gaſcon n'eſt
pas ſi dupe.

TRAPOLIN.

Ah je ſuis perdu ; il ne peut être loin, cou-
rons aprés.

SCENE XV.

TRAPOLIN, DUBOIS,
LE FIACRE.

LE FIACRE.

OH ! ma foy je vous défie de le ratraper :
mais il dit que vous ne vous impatientiez
pas ; qu'il ne va qu'ici prés juſqu'à Gennes ſeulement, & qu'il reviendra le plûtôt qu'il pour-
ra pour achever vos comptes.

TRAPOLIN.

Ah c'est un scelerat qui me vole, tu étois de complot ?

LE FIACRE.

De complot, moy ? Parbleu il m'a bien payé, je n'ai rien à lui dire.

TRAPOLIN.

Mais où l'as-tu pris : dans quel quartier ?

LE FIACRE.

Dans une petite auberge à la Greve. Voulez-vous que je vous y mene, Monsieur?

TRAPOLIN.

Ah ! ce n'est point le veritable Argentac, à coup sûr, je suis perdu.

LE FIACRE.

Ecoutez, il pourroit y avoir là-dedans quelque manigance au moins ; il parloit Parisien quand je l'ai pris, & il me semble qu'il est devenu tout d'un coup Gascon dans cette maison-ci.

TRAPOLIN.

Ah le pendart ! le traître ! Il ne faut point ébruiter cela, Monsieur Dubois, cela me donneroit un ridicule qui me feroit perdre mon credit.

DUBOIS.

Malepeste j'en vois la consequence.

TRAPOLIN.

Allez vous-même me chercher mon chapeau, ma canne, ma perruque, Monsieur Dubois. Descens toy cocher, & attens-moy là-bas, tu me meneras à la petite Auberge.

SCENE XVI.

TRAPOLIN *seul.*

JE ne sçai où je suis, je ne sçai ce que je fais, ni ce que je vais faire. Où ai-je mis ces deux mille francs en or ? ah ! je les portois sur moy : on me les auroit volez , il ne me manqueroit plus que cela. Mettons - les dans le sac. Ah ! la cruelle avanture , la maudite journée !

SCENE XVII.

TRAPOLIN, DUBOIS.

DUBOIS.

VOila tout ce qu'il vous faut, Monsieur Trapolin : ne me donnez-vous point d'ordre pendant vôtre absence ?

TRAPOLIN.

Cache cette maudite manne , cache-la vîte , & serre ce sac dans ton bureau, je n'ai pas le loisir d'ouvrir ma caisse. Si quelqu'un vient , je serai bientôt de retour, on n'a qu'à m'attendre.

SCENE XVIII.

DUBOIS *seul.*

IL n'y a point de fortune à faire avec ces Meſſieurs de la Gaſcogne ; & ſi jamais je travaille pour mon compte, je n'aurai point d'affaire avec ces gens-là. Ce n'eſt pourtant point un vrai Gaſcon que ce drôle-ci, & le Fiacre dit qu'il eſt de Paris : je crois par ma foy que les bords de la Seine produiſent quelquefois d'auſſi mauvais plans que ceux de la Garonne.

SCENE XIX.

CHICANENVILLE, DUBOIS.

CHICANENVILLE.

ESt-ce vous qui êtes Monſieur Trapolin ?

DUBOIS.

Non, Monſieur, je ne ſuis que ſon Commis.

CHICANENVILLE.

Eh faites-moy parler à lui, je vous en prie.

DUBOIS.

Il n'y eſt pas, Monſieur : mais ſi vous avez quelque affaire preſſée.

CHICANENVILLE.

Eh oui, de par tous les diables, elle eſt preſſée. J'ai été volé, Monſieur, en arrivant dans cette chienne de Ville, on a pris ma male que mon ſot de valet avoit derriere lui, ſur ſon cheval.

DUBOIS.

Vous n'êtes pas le feul à qui cela arrive.

CHICANENVILLE.

Il n'y avoit heureufement dedans que mes habits, mon argent & mon linge, & les papiers du procez qui m'amene ici étoient à l'arçon de ma felle, dans une petite valife : nous ne perdons gueres ces effets-là de vûë nous autres.

DUBOIS.

Vous êtes de Normandie apparemment, Monfieur ?

CHICANENVILLE.

Fort à vôtre fervice, bon Gentil-homme de tres-ancienne race ; je m'appelle Monfieur de Chicanenville ; & j'ai tant de parens dans le païs, qu'on évoque ici mes affaires.

DUBOIS.

C'eft-à-dire que vous venez plaider à Paris ?

CHICANENVILLE.

Helas oui, mon cher Monfieur ; & pour plaider il faut de l'argent : on m'a volé, je ne fçai comment faire.

DUBOIS.

Le cas eft embaraffant.

CHICANENVILLE.

J'en dépenfe pourtant moins qu'un autre, & je fais mes écritures moy-même dà.

DUBOIS.

C'eft une grande épargne.

CHICANENVILLE.

Mais comme il faut que je faffe une confignation de fix cent livres, mon Avocat, qui m'attend au Caffé avec un de fes amis, m'a adreffé à Monfieur Trapolin, pour efcompter quelques billets dont je fuis porteur ; il m'a dit que c'étoit fon negoce.

DUBOIS.

Il vous a dit vrai, Monfieur : mais il n'y

est pas Monsieur Trapolin.

CHICANENVILLE.

Tant pis vraiment, je suis fort pressé.

DUBOIS.

Je pourrois bien faire vôtre affaire en son absence. Pour combien voulez-vous escompter de
papier ?

CHICANENVILLE.

Pour deux mille livres.

DUBOIS.

Il perd moitié, je ne sçai si vous le sçavez.

CHICANENVILLE.

Ah, ah ! moitié.

DUBOIS.

Nous le prenons à cinquante, nous vous en
donnerons à quarante-neuf, tant qu'il vous
plaira.

CHICANENVILLE.

J'ai mandé qu'on m'envoyât de l'argent. Si-
tôt que j'en aurai, je retire mon papier, je
vous en avertis.

DUBOIS.

On vous le rendra à un de perte.

CHICANENVILLE.

Donnez-moy une petite reconnoissance de cela,
Monsieur le Commis, s'il vous plaît.

DUBOIS.

Une reconnoissance ! vous moquez-vous ? nous
n'écrivons jamais nous autres, nous ne prenons
jamais d'autre engagement que la bonne foy.

CHICANENVILLE.

Il faut faire tout ce que vous voulez, la con-
signation presse.

DUBOIS.

Où sont vos billets ?

CHICANENVILLE.

Les voila.

DUBOIS.

Je vais vous donner un fac de mille livres que j'ai bien fait de ne pas ferrer.

CHICANENVILLE.

La fomme eft-elle jufte ?

DUBOIS.

Je viens de le compter avec Monfieur Trapolin, il n'y manque pas une obole.

CHICANENVILLE.

Adieu, Monfieur le Commis, je ne veux pas faire attendre mon Avocat, je vous remercie.

SCENE XX.

DUBOIS feul.

JE ne débute pas mal, à ce qu'il me femble. Monfieur Trapolin ne fait les affaires qu'à trente-neuf, & je les fais à cinquante moy, & avec un Gentil-homme de Normandie encore, je prévois que j'irai loin. Cet excedent de profit ne devroit-il pas être pour le Commis ?

SCENE XXI.

TRAPOLIN, DUBOIS.

TRAPOLIN.

AH! je n'en puis plus, j'en mourrai, mon voleur n'eft point le veritable Argentac, c'eft le fils d'un Cabaretier qui depuis quinze jours s'eft fait Dragon.

DUBOIS.

Ce jeune drôle-là promet beaucoup.

TRAPOLIN.

Je ne deséspere pas pourtant de rattraper partie de mon affaire; j'ai donné de l'argent à trois ou quatre de ses camarades qui le cherchent, ils le trouveront peut-être.

DUBOIS.

Oui: mais s'ils le trouvent, ce ne sera pas pour la restitution, ce sera pour le partage. Où diantre ce coquin a-t-il pris un sac de mille livres?

TRAPOLIN.

C'est ce qui m'étonne, & deux mille francs en or qu'il m'a donnez.

DUBOIS.

N'est-ce point tout le Regiment qui s'est associé pour vous faire piece? vous avez rançonné quantité de ces Messieurs-là.

TRAPOLIN.

Voila une avanture chagrinante. On ne peut pas beaucoup gagner sans perdre quelquefois; & tel qui ne s'y attend pas, me remboursera de la perte.

DUBOIS.

Je viens déja de faire une petite affaire qui commencera de vous en dédommager.

TRAPOLIN.

Comment, quelle affaire?

DUBOIS.

Voila deux mille francs de papier que je viens de troquer contre un sac de mille livres.

TRAPOLIN.

Deux mille francs de papier, c'est moitié de profit, cela n'est pas mauvais.

DUBOIS.

Je suis fort entendu: mais je suis pour le moins aussi heureux.

TRAPOLIN.

Et comment as-tu fait ? où as-tu pris de l'argent ?

DUBOIS.

Hé , morbleu, j'ai donné ce fac que vous m'aviez dit de ferrer le plus heureusement du monde.

TRAPOLIN.

Tu as donné ce fac que je t'ai dit de ferrer ?

DUBOIS.

Oui, Monsieur, vous n'auriez jamais deviné que j'en ferois un fi bon usage.

TRAPOLIN.

Un fi bon usage ? que m'as-tu fait là, traître que tu es, que m'as-tu fait là ? voila une bonne chienne d'affaire.

DUBOIS.

Vous n'en êtes pas content ? la cervelle vous tourne au moins, cousin Trapolin.

TRAPOLIN.

Hé comment ne me tourneroit-elle pas ? il y avoit trois mille francs dans le fac, bourreau, il y avoit trois mille francs, de quoy diantre te mêles-tu ?

DUBOIS.

Trois mille francs ! non, non, nous l'avons compté ensemble. Que diable.

TRAPOLIN.

Et j'y avois mis les deux mille francs en or, que ce coquin de Gascon m'avoit donnez.

DUBOIS.

Vous y aviez mis deux mille francs en or ?

TRAPOLIN.

Hé oui, miserable, deux mille francs.

DUBOIS.

Parbleu , allez , il faut que vous ayez fait cela bien adroitement, car je ne m'en suis point apperçu.

TRAPOLIN.

Et avec qui as-tu fait ce malheureux coup-
là encore, ne connois-tu point ?

DUBOIS.

Je fçai fon nom du moins, Monfieur de Chicanenville, un Gentilhomme de Normandie.

TRAPOLIN.

Chicanenville de Normandie ? mon argent eft
perdu, il n'y a plus de reffource.

DUBOIS.

Pardonnez-moy, il eft allez au Caffé ici prés
rejoindre fon Avocat, ne perdons point de
temps, nous les trouverons.

TRAPOLIN.

Nous les trouverons; ? Que je fuis malheureux ! toutes fortes d'accidens m'arrivent, &
ce ne fera peut-être pas là le dernier de la
journée.

DUBOIS.

Ne faites point de bruit de l'avanture au moins,
cela nuiroit à vôtre credit, & au mien peut-être.

TRAPOLIN.

Demeurez ici, Jafmin, & prenez bien garde
à tous ceux qui viendront me demander, qu'ils
m'attendent, ou venez m'avertir au Caffé
chez Muftapha.

JASMIN.

Oui, Monfieur.

SCENE XXII.

JASMIN, ZACHARIE.

ZACHARIE.

QU'eft-ce que c'eft donc que ceci ? il n'y a
perfonne, la pratique ne donne pas aujour-

d'hui, où est Monsieur Trapolin ?

JASMIN,

Le voila qui sort avec son Commis.

ZACHARIE.

Sçavez-vous où il va ?

JASMIN.

Au Caffé, Monsieur.

ZACHARIE.

Allez-vous-en lui dire de venir ici, j'ai à lui parler, & je l'attens.

SCENE XXIII.

ZACHARIE, CLAUDINE, LUCAS.

Claudine & Lucas sont dans le fond du Theatre.

CLAUDINE à *Lucas.*

LE vela tout seul par bonheur, j'en ferons plus aisément nôtre affaire ; & il vaut mieux s'adresser à stici qu'à l'autre.

LUCAS à *Claudine.*

Ne va pas dire que je l'avons trouvé dans la maison, queuqu'un diroit que c'est à ly peut-être.

CLAUDINE.

Va, va, laisse-moy faire, je ne sis pas une bête.

ZACHARIE.

Hem, plair-il ? ah ! c'est toy, Claudine ? avec qui es-tu là ?

CLAUDINE.

Avec un de mes cousins, Monsieur.

ZACHARIE

Un de tes cousins ? hé ! qu'est-il venu faire à Paris ton cousin ?

LUCAS.

COMEDIE. 197

LUCAS.

Pargué voir la couseine, Monsieur, & tarmi-
ner queuques petites affaires.

ZACHARIE.

Hé quelles affaires as-tu en ce païs-ci ?

LUCAS.

La couseine vous le dira. C'est une nature d'affaire où l'on dit que, si vous le vouliais, vous
pourriais bian me rendre queuque sarvice.

ZACHARIE.

Moy ?

CLAUDINE.

Oui, Monsieur, vous-même.

ZACHARIE.

Et de quelle maniere ?

LUCAS.

On me devoit queuque argent, je sis allé pour
le recevoir, & on ne m'a baillé que du papier.

ZACHARIE.

Tu n'es pas malheureux encore.

CLAUDINE.

A combien est-il aujourd'hui le papier, Monsieur : dites.

ZACHARIE.

Mais c'est selon, Claudine. Est-ce pour en donner, ou pour en prendre ?

CLAUDINE.

Non, Monsieur, c'est sti du cousin, que je vou-
drions bian que vous ly troquissiais.

ZACHARIE.

Oh pour celui-là je n'en veux rien, je le prendrai au pair, pour te faire plaisir, ma chere
Claudine, à condition...

CLAUDINE.

Oh, Monsieur, ne mettez point de condition
à ça, s'il vous plaît.

ZACHARIE.

Donne-moy ton papier, est-il fort ? voyons.

K

LUCAS.

Oh parguenne oui, c'est tout du plus fort,
& du meilleur, il n'y a aucune déchirure.

ZACHARIE *cherchant ses lunettes.*

Je te demande si la somme est grosse, la somme?

LUCAS.

La somme? alla sera comme il vous plaira, je
ne vous taxons point, vous êtes brave homme.

ZACHARIE *lit.*

*Les assurances que vôtre belle bouche m'a don-
nées de nôtre mariage augmentent mon amour,
& ma félicité seroit parfaite...* Ha, ha, ha, cela
est trop plaisant, par ma foy cela vaut de l'or.

LUCAS.

De l'or, Claudeine... Oh Monsieur!

CLAUDINE.

Lucas?

ZACHARIE.

Ha, ha, ha, ha.

LUCAS.

Comme il rit! est-ce là la sarimonie qu'il faut
faire pour changer le papier en de l'argent? dis.

ZACHARIE.

Sa simplicité me charme.

CLAUDINE.

Non, m'est avis que ça ne se fait point comme ça.

ZACHARIE.

Ha, ha, ha, ha, ha.

SCENE XXIV.

ZACHARIE, M' SARA,
LUCAS, CLAUDINE.

M' SARA.

VOus voila de bien bonne humeur, de quoy
riez-vous donc si fort, Monsieur Zacharie?

ZACHARIE.

De l'ingenuité d'un cousin de Claudine; c'est
un bon païsan, comme vous voyez, qui m'apporte à escompter un billet doux.

M' SARA.

Un billet doux?

ZACHARIE.

Oui, le voila.

LUCAS.

Un billet doux, Claudeine? c'est tout du plus
meilleur papier, n'est-ce pas?

M' SARA.

Hé qu'est-ce que c'est que ce billet doux? où
a-t-il pris ça?

ZACHARIE.

Je n'en ai lû encore que les premiers mots,
lisons le reste.

M' SARA.

Mais vraiment c'est de l'écriture de vôtre filleul, Monsieur Zacharie.

ZACHARIE.

Je pense que vous avez raison, je n'y prenois
pas garde.

LUCAS.

Mais morgué, Monsieur, dépéchez-moy donc,
qu'est-ce que ça vaut? Pour me bailler de l'ar-

K ij

gent il ne faut point tant de préambule.

ZACHARIE.

Donne-toy patience, mon ami, donne-toy pa-

Il lit

tience... augmentent mon amour, & ma félicité seroit parfaite, mon adorable Suzon.

Mᵉ SARA.

Suzon, dites-vous ? seroit-ce ma niece ?

ZACHARIE.

Vôtre niece ? fy donc : il nous feroit cette perfidie ?

LUCAS.

C'a ne viant point au fait, n'y a encore rian là qui parle d'argent, Claudeine.

ZACHARIE *lit.*

Mon adorable Suzon, sans les persecutions de vôtre vieille extravagante de Madame Sara.

Mᵉ SARA.

Madame Sara ! c'est moy vraiment, je n'en sçaurois douter, ah le coquin !

ZACHARIE *lit.*

Et les fatigantes sollicitations de mon imbecile de parrain... Son imbecile de parrain ! ah le pendart ! comme il parle de moy.

Mᵉ SARA.

C'est une insulte que ces canailles-là nous font faire, je vous en avertis.

ZACHARIE.

Mademoiselle Claudine, Mademoiselle Claudine, vôtre cousin le païsan pourroit bien avoir cent coups de bâton, je vous en avertis.

CLAUDINE.

Je ne sçavors tous deux ce que c'est, je vous demandons .xcuse.

LUCAS.

Cent coups de bâton dà ! Hé parles donc, Claudeine, est ce comme ça qu'on fait de l'argent vec du papier ? quelle peste de monnoye !

ZACHARIE.

C'eſt de la monnoye comme il te la faut, coquin. Voila un plaiſant billet à eſcompter !

LUCAS

Liſez, liſez plus loin, Monſieur, la ſomme ſe
trouvera à la fin peut-être.

ZACHARIE lit.

Les vingt mille écus de la ſucceſſion de vôtre oncle
ne nous peuvent manquer.

LUCAS.

Je vous le diſois bian que vous trouveriais la
ſomme.

ZACHARIE.

L'impudent ſang froid de ce coquin-là m'im-
il lit

patiente.... *Il y a preſque autant en or dans la*
petite caſſette que vous me gardez... Il faut que
ce coquin-là nous ait bien volez, Madame Sara.

Mᵉ SARA.

Ah je vous en répons.

ZACHARIE lit.

Ne craignons point de nous declarer, & hâtons-
nous de nous délivrer de l'importunité de nos deux
amans ſurannez.

Mᵉ SARA.

Amans ſurannez ! amans ſurannez ! je ne me
troquerois pas pour elle aſſurément.

ZACHARIE.

Et vous n'avez pas tort, je ne voudrois pas
changer contre lui ni de temperament, ni de
figure moy.

Mᵉ SARA.

Vous avez bien raiſon.

SCENE XXV.

TRAPOLIN, ZACHARIE, Mr SARA, CLAUDINE, LUCAS.

TRAPOLIN.

ON vient de m'avertir que vous aviez quelque chose à me dire, Monsieur.

ZACHARIE.

Oui, j'ai à vous dire, Monsieur Trapolin, que vous êtes un maître Fripon, un pendard, un coquin à pendre.

TRAPOLIN.

Je n'ai jamais appris que sous vous, Monsieur mon parrain.

Mr SARA.

Un fourbe, un traître, un scelerat, dont je ne veux entendre parler de ma vie.

TRAPOLIN.

J'ai bien de l'obligation à mes mauvaises qualitez: mais qui peut m'attirer toutes ces invectives? ne le sçais-tu point? dis, Claudine.

CLAUDINE.

Si fait, Monsieur, c'est un billet que le cousin a trouvé; & comme je ne sçavons ni lire ni l'un ni l'autre, j'avons prié Monsieur de le vouloir troquer contre de l'argent, comme vous faites vous.

ZACHARIE.

Encore sont-ils dans la bonne foy eux autres.

TRAPOLIN.

Hé bien?

LUCAS.

Hé bian, vôtre papier ne vaut rian, Monsieur Trapolin, on ne trouve dessus que des coups de bâton & des injures, & si on appelle ça des billets doux encore.

❋❋❋❋❋❋❋❋❋❋❋❋❋❋❋❋❋❋

SCENE XXVI.

SUZON, ZACHARIE, TRAPOLIN, Mᵉ SARA, CLITANDRE, DUBOIS, CLAUDINE, LUCAS.

SUZON.

JE viens vous prendre pour le dîner, Monsieur Zacharie, je vous ai promis de me déterminer aujourd'hui, je vous tiendrai parole en bonne compagnie.

ZACHARIE.

Je vous en quitte, mon parti est pris, je sçai à quoy m'en tenir, Madame Trapolin.

SUZON.

Qu'est-ce à dire Madame Trapolin?

TRAPOLIN.

On sçait tout, Mademoiselle Suzon.

SUZON.

Comment, on sçait tout, & que sçait-on encore?

TRAPOLIN.

Que vous m'aimez, que je vous adore, & que nous allons nous marier ensemble.

SUZON.

On sçait mal, Monsieur Trapolin, & vous êtes un ignorant vous-même, je n'ai jamais été dans ce goût-là, je vous assure.

ZACHARIE.

Seroit-il bien possible, charmante personne

SUZON.

La pluralité des voix n'est ni pour l'un ni pour l'autre, Monsieur Zacharie, voici pour qui elle se declare, aussi bien que mon cœur. Approchez, Clitandre.

❀❀❀❀❀❀❀:❀❀❀❀❀❀

SCENE DERNIERE.

CLITANDRE, SUZON, ZACHARIE, TRAPOLIN, M. SARA, CLAUDINE, LUCAS, DUBOIS.

TRAPOLIN.

Clitandre ! que vois-je ? ah je suis perdu !

CLITANDRE.

Je vous l'avois bien dit, Monsieur Trapolin, que je vous enleverois quelqu'une de vos pratiques, & que je serois payé.

TRAPOLIN à *Suzon*.

Ma cassette au moins, Mademoiselle Suzon.

SUZON.

Elle est entre les mains de Monsieur, vous lui devez de l'argent, il a des comptes à faire avec vous, il comptera les mains garnies.

TRAPOLIN.

Je suis ruiné, je suis assassiné.

CLITANDRE.

On ne vous fera point de tort : mais je me ferai justice.

Me SARA.

Qu'eſt-ce donc que tout ceci ? il y a une heure que j'écoute, & je ne comprens rien...

TRAPOLIN.

C'eſt une tracaſſerie qu'on me fait, Madame Sara : mais je ſuis honnête homme moy, la promeſſe eſt échuë, je vous tiendrai parole.

Me SARA.

Non, Monſieur Trapolin, vous êtes un fripon ; vous me rendrez mes dix mille écus, je ne veux point de vous, & pour la promeſſe de mariage...

ZACHARIE.

Je l'ai endoſſée, Madame Sara, voulez-vous que je l'acquite ?

Me SARA.

Volontiers, Monſieur : mais faiſons rendre compte à vôtre coquin de filleul, & qu'il rentre dans le neant, d'où nous l'avions tiré.

TRAPOLIN.

Me voila bien.

DUBOIS.

Tu voulois faire ma fortune, couſin, voila la tienne bien dérangée : je m'en vais reprendre les livrées du Preſident.

Fin du troiſiéme & dernier Acte.

APPROBATION.

J'Ay lû par ordre de Monseigneur le Chancelier *Les Agioteurs*, *Comedie*, & j'ai crû que le Public recevroit favorablement l'impression d'un Ouvrage qui lui a fait plaisir dans les representions. Fait à Paris ce 18. Octobre 1710.

Signé DANCHET.